2019, 1ª edição – Editora Nova Alexandria Ltda.
Todos os direitos reservados.
Em conformidade com a Nova Ortografia.

Editora Nova Alexandria Ltda.
Rua Engenheiro Sampaio Coelho, 111
04261-080 – São Paulo – SP
Fone/fax: (11) 2215-6252
www.lojanovaalexandria.com.br

Coordenação editorial: Marco Haurélio
Revisão: Lucas de Sena Lima, Augusto Rodrigues
Diagramação, editoração eletrônica: Viviane Santos e Eduardo Seiji Seki
Capa: Maurício Mallet

Dados Internacionais de Catalogação na Publicação (CIP)
Angélica Ilacqua CRB-8/7057

Doyle, Arthur Conan, Sir,1859-1930
 O advento das fadas – o mistério de Cottingley / Arthur Conan Doyle ; tradução de Roberto Cattani. -- São Paulo : Nova Alexandria, 2019.
 186 p.

ISBN: 978-85-7492-460-1
Título original: *The Coming of the Fairies*

1. Fadas 2. Aparições 3. Narrativas pessoais I. Título II. Cattani, Roberto

15-0870                             CDD 398.45

Índices para catálogo sistemático:
1. Seres paranormais de forma humana e semi-humana

Arthur Conan Doyle

# O advento das fadas

## O mistério de Cottingley

Tradução de Roberto Cattani

1ª edição – São Paulo – 2019

# PREFÁCIO

Este livro contém reproduções das famosas fotografias das fadas de Cottingley, e oferece todas as evidências ligadas a elas. O leitor atento está em posição quase tão boa quanto a minha para formar um julgamento sobre a autenticidade das imagens. Esta narrativa não é uma especial defesa dessa autenticidade, mas simplesmente uma coleção de inferências acerca de fatos que o leitor pode aceitar ou rejeitar como melhor lhe parecer.

Eu gostaria de prevenir o crítico, entretanto, para não se deixar levar pelo sofisma de que, por haver trapaceiros profissionais hábeis no jogo da ilusão, em condições de produzir até certo ponto um efeito similar, estas imagens teriam sido produzidas pelo mesmo artifício.

Existem poucas realidades que não podem ser imitadas, e o velho argumento de que por esses charlatães conseguirem resultados com suas chapas adulteradas o mesmo

## O advento das fadas

poderia ser alcançado por pessoas não treinadas, em condições naturais, é também falso – e deve ser descontado pelo público inteligente.

Gostaria de enfatizar que todo esse assunto da existência objetiva de uma forma sub-humana de vida nada tem a ver com a grande e muito mais vital questão do espiritualismo. Eu lamentaria se os meus argumentos em favor deste último fossem de algum modo enfraquecidos pela minha apresentação desse episódio muito estranho, o qual não tem realmente nenhuma relação com a existência continuada do indivíduo.

Arthur Conan Doyle.

*Crowborough,
março de 1922*

## CAPÍTULO I

# Como surgiu a questão

A série de acontecimentos apresentados neste pequeno volume representa, seja a armação mais elaborada e engenhosa jamais impingida ao público, seja um evento que poderá revelar-se, no futuro, algo marcante na história da humanidade. É difícil imaginar quais poderiam ser as consequências a longo prazo se chegássemos a comprovar a existência na superfície deste planeta de um povo possivelmente tão numeroso quanto a raça humana, vivendo sua própria vida por estranha e diferente que fosse, e da qual estamos separados tão somente por alguma diferença de vibrações.

Nós enxergamos objetos dentro dos limites que nos permite nosso espectro de cores, com infinitas vibrações, que não chegamos a usar, em cada uma de suas extremidades. Se fôssemos capazes de conceber uma raça de seres constituídos de alguma matéria que emitisse vibrações mais curtas ou mais longas, eles seriam invisíveis, a não ser que fôssemos capazes de nos sintonizarmos neles. É exatamente essa capacidade de sintonizar-se e de adaptar-se a outro tipo de vibrações que faz o clarividente, e não há nada de impossível do ponto de vista científico, creio eu, no fato de algumas pessoas enxergarem o que é invisível para as demais. Se tais objetos existirem mesmo, e se a potência criativa do cérebro humano se concentrar no problema, é bem possível que alguém acabe inventando algum tipo de óculos psíquicos, até inconcebíveis para nós atualmente, que nos deem a capacidade de nos adaptarmos a essas novas condições. Se a alta tensão elétrica pode ser convertida por meio de um aparelho mecânico em tensão mais baixa, visando usos diferentes, então é difícil acreditar que o mesmo não possa ocorrer com as vibrações do éter e as ondas de luz.

Tudo isso, contudo, é mera especulação, e me leva ao fato de que, no começo de maio de 1920, conversando com meu amigo, o senhor Gow, editor da revista *Light*, descobri que supostamente alguém havia tirado fotos de fadas. Na verdade, ele não as vira, mas me enviou à senhorita Scatcherd, cujo conhecimento e julgamento eu respeitava muito. Entrei em contato com ela, e descobri que ela tampouco havia visto tais fotos, mas que tinha uma amiga, a senhorita Gardner, que as vira. No dia 13 de maio, a senhorita Scatcherd escreveu-me dizendo que estava seguindo a pista, incluindo um trecho de uma carta da senhorita Gardner, que dizia o seguinte. Nesta fase inicial, estou reproduzindo documentos reais, já que há muitos leitores que gostariam de uma visão completa do que conduziu a um episódio tão relevante. Ela dizia, referindo-se ao irmão, o senhor Gardner: "O senhor deve saber que Edward é praticante da teosofia, e que sua principal ocupação atualmente é dar palestras e realizar trabalhos para a Sociedade Teosófica. Embora durante muitos anos eu achasse que ele estivesse tão mergulhado no erro que nem valia a pena rezar por ele, considero agora um verdadeiro privilégio e inspiração falar com ele. Estou tão agradecida por ter estado em Willesden quando de seu luto, já que foi maravilhoso observá-lo e ver quão maravilhosamente sua fé e suas crenças lhe deram forças e conforto. Ele irá provavelmente devotar mais e mais de seu tempo e de suas forças a percorrer o País dando palestras, etc.

"Gostaria que pudesse ver uma foto que ele tem. Ele acredita nos seres mágicos, fadas, elfos, duendes, etc. — as crianças, muitas vezes, os veem de verdade e até brincam com eles. Ele entrou em contato com uma família de Bradford, na qual a menina, Elsie, e sua prima, Frances, costumam ir à floresta e brincar com as fadas. O pai e a mãe são céticos e não veem com bons olhos esta bobagem, como eles a chamam, mas uma tia, que Edward entrevistou, acredita nas meninas. Algum tempo atrás, Elsie disse que queria fotografá-las, e suplicou ao pai

## O advento das fadas

que lhe emprestasse sua câmera. Durante um bom tempo ele recusou, mas por fim ela obteve a câmera e uma chapa. Ela e Frances foram para a floresta, perto de uma cachoeira. Frances as 'aliciou', como elas dizem, e Elsie preparou a câmera. Logo apareceram três fadas e um elfo dançando na aura de Frances. Elsie bateu a foto, torcendo para que desse certo. Demorou bastante para o pai revelar a foto, mas quando finalmente o fez, ele ficou maravilhado em ver nela quatro pequenas figuras perfeitamente nítidas!

"Edward conseguiu o negativo e o levou para um especialista em fotografia, capaz de reconhecer instantaneamente uma fraude. Antes do teste, o especialista estava bastante cético, mas depois chegou a oferecer 100 libras esterlinas pelo negativo. Decretou que o negativo era absolutamente autêntico, e até elogiou bastante a qualidade da foto. Edward a mandou ampliar e a pendurou na sala de estar. Ele ficou muito interessado e assim que possível pretende viajar para Bradford para ver as crianças. O que o senhor pensa a respeito? Edward diz que as fadas pertencem à mesma linha evolutiva que os insetos *voadores*, etc. etc. Receio não ser capaz de acompanhar todos os raciocínios dele, mas tinha certeza de que o senhor ficaria bastante interessado. Gostaria que o senhor visse aquela foto e outra, em que uma das meninas brinca com o duende mais inimaginável!"

Essa carta me encheu de esperanças, e renovei minha busca pelas fotos. Fiquei sabendo que são duas, e que foram enviadas para ser inspecionadas à senhorita Blomfield, uma amiga da família. Minha caçada virou-se, portanto, naquela direção e, em resposta a uma carta tentando saber mais, recebi a seguinte resposta:

*The Myrtles, Beckenham,*
*21 de junho de 1920*

Prezado Senhor,

Envio-lhe as duas fotos das fadas; *são* realmente interessantes, não são?

Tenho certeza de que meu primo gostaria que as visse. Mas ele disse (e o deixou claro numa carta que me mandou mais tarde) que não gostaria que fossem usadas de maneira nenhuma por enquanto. Acredito que ele tenha planos a respeito, e os direitos autorais das fotos estão sendo registrados. Não acredito que ele ficará com os direitos. Ele ainda não terminou suas pesquisas. Eu perguntei-lhe se poderia reproduzi-las, para ter algumas cópias para distribuir aos amigos interessados, mas ele respondeu que preferiria que nada fosse feito por enquanto.

Acho que meu primo está viajando agora. De qualquer forma, o nome dele é Edward L. Gardner; ele é Presidente de um dos ramos da Sociedade Teosófica (da Loja

# O advento das fadas

Blavatsky), e dá palestras com frequência naquele Salão (Mortimer Hall, Mortimer Square, W.). Ele proferiu uma palestra há algumas semanas, mostrando as fadas na tela e contando o que ele sabia a respeito.

*Cordialmente,*
*E. Blomfield*

Essa carta continha as duas fotos impressionantes reproduzidas neste livro, a que mostra o duende dançando, e a outra, de elfos numa ciranda. Acrescentei às reproduções uma nota explicativa, com os pontos mais importantes de cada uma. Fiquei obviamente encantado com as maravilhosas fotos, e respondi à senhorita Blomfield agradecendo sua cortesia, e sugerindo que ficaria satisfeito se fosse realizada uma investigação para verificar a autenticidade das fotos. Se fosse confirmada claramente, seria para mim um privilégio ajudar o senhor Gardner a divulgar sua descoberta. Em resposta, recebi a seguinte carta:

*The Myrtles, Beckenham,*
*23 de junho de 1920*

Caro Sir Arthur,
Fiquei tão feliz que tenha gostado dos seres mágicos! Gostaria mesmo de ajudar de qualquer forma possível,

mas há tão pouco que eu possa fazer. Se as fotos fossem minhas (quero dizer os negativos), teria o maior prazer de que uma informação tão auspiciosa fosse repassada para o público. Mas, como as coisas estão, será necessário pedir autorização para meu primo. Acredito que ele queira mesmo que as pessoas saibam, mas, como escrevi antes, não conheço seus planos, e não tenho certeza de que ele esteja pronto.

Ocorreu-me, desde que escrevi para o senhor, que teria sido melhor dar-lhe o endereço da irmã dele. É uma pessoa muito sensata e prática, muito engajada em obras sociais, nas quais ela obtém muito sucesso graças à sua simpatia e eficiência.

Ela acredita que as fotos são mesmo verdadeiras. Edward é um homem esperto — e uma boa pessoa. Tenho certeza de que a experiência dele nas coisas da vida seria considerada confiável por todos aqueles que o conhecem, tanto pela veracidade quanto pelo juízo. Espero que esses detalhes não o aborreçam, mas achei que talvez algumas informações sobre as pessoas que, por assim dizer, "descobriram" as fotos o ajudariam a dar mais *um* passo rumo à fonte. Não vejo qualquer espaço para fraude ou embuste, embora no início, quando vi as ampliações, eu mesma tenha pensado que devia ter alguma outra explicação, que não aquela de serem o que pareciam. Eram boas demais para ser verdade! Mas cada pequeno detalhe do qual fiquei sabendo depois só aumentou minha convicção de que são autênticas;

# O advento das fadas

embora eu disponha unicamente do que Edward me conta a respeito. Ele espera conseguir mais das mesmas meninas.

*Cordialmente,*
*E. Blomfield*

Quase ao mesmo tempo, recebi uma carta de outra senhora que sabia algo do assunto. Aqui está:

29 *Croftdown Road, Highgate Road, N.W.*
24 de junho de 1920

Caro Sir Arthur,

Fico feliz de saber que se interessa pelas fadas. Se essas fotos foram realmente tiradas, como parece que podemos acreditar, trata-se de um evento tão importante quanto a descoberta de um novo mundo. Vale a pena mencionar que, quando as examinei com uma lupa, notei, enquanto artista, que as mãos não parecem ser exatamente como as nossas. Embora as pequenas figuras pareçam humanas em todo o resto, as mãos seriam algo assim (seguia um desenho de uma espécie de nadadeira). A barba do pequeno gnomo me parece um tipo de apêndice como têm os insetos, embora sem dúvida poderia parecer uma barba para um clarividente olhando para ele. Ocorre-me também que a brancura das fadas possa ser atribuída à ausência de sombra, o que poderia também explicar a relativa ausência de volume, que as faz parecerem bastante artificiais.

*Cordialmente,*
*May Bowley*

Sentia-me agora numa posição mais confortável, depois de ter visto de fato as fotos e depois de ficar sabendo que o senhor Gardner era uma pessoa confiável e sensata, de boa reputação. Portanto, lhe escrevi expondo as conexões por meio das quais tinha chegado até ele, contando-lhe o quanto estava interessado no assunto, e o quanto parecia-me essencial que os fatos se tornassem públicos, para que uma investigação independente se tornasse possível antes que fosse tarde demais. Recebi a seguinte resposta:

*5 Craven Road, Harlesden, N.W. 10.*
*25 de junho de 1920*

Caro Senhor,

Acabou de chegar sua interessante carta do dia 22, e pretendo ajudá-lo com a maior boa vontade em tudo o que for possível.

# O advento das fadas

No que diz respeito às fotografias, é uma longa história, e precisei de muitos cuidados para reconstruí-la. As crianças envolvidas são muito tímidas e bastante discretas... É uma família de baixo nível social de Yorkshire, e parece que as crianças brincavam com os seres mágicos nos bosques perto do vilarejo, desde muito pequenas. Não vou me dedicar a narrar a história aqui talvez pudéssemos nos encontrar para isso —, mas o fato é que quando finalmente consegui ver aquelas ampliações, bastante ruins aliás, elas me impressionaram tanto que supliquei que me emprestassem os negativos originais. Mostrei-os para dois peritos fotográficos do primeiro escalão, um em Londres e um em Leeds. O primeiro, que nada sabe desses assuntos, declarou que as chapas são perfeitamente autênticas e não falsificadas, mas inexplicáveis! O segundo, que sabia algo sobre o tema e já havia contribuído em revelar várias farsas "psíquicas", também se convenceu plenamente da veracidade das fotos. Daí eu fui adiante.

Tenho esperança de conseguir mais fotos, mas há a dificuldade imediata de juntar as meninas. Elas têm agora 16 ou 17 anos, começaram a trabalhar e moram a algumas milhas uma da outra. Pode ser que consigamos e, assim, possam ter a garantia de obter fotos de outros gêneros de seres além daqueles que já temos. Esses espíritos da natureza são de ordem não individualizada, e gostaria muito mesmo de conseguir algumas das ordens mais elevadas. Mas duas crianças como aquelas são raras mesmo, e receio estarmos atrasados, porque o inevitável vai acabar acontecendo em breve: uma delas vai "se apaixonar", e aí — acabou mesmo!

Aliás, gostaria muito de evitar a questão do dinheiro. Posso não conseguir, mas acharia muito melhor nem tocar no assunto. Estamos buscando a Verdade, e não há nada que suje qualquer coisa tão rapidamente. No que depender de mim, o senhor terá à disposição tudo que eu puder fornecer.

*Cordialmente,*
*(assinado) Edw. L. Gardner*

Depois dessa carta, viajei para Londres para encontrar o senhor Gardner, que mostrou ser uma pessoa calma, equilibrada e reservada — nada a ver com o tipo fanático ou visionário. Ele me mostrou belas ampliações daquelas duas maravilhosas imagens, e me deu uma série de informações, que estão incluídas no meu relato a seguir. Nem ele nem eu tínhamos encontrado ainda as meninas, e concordamos que ele cuidaria do aspecto pessoal do assunto, enquanto caberia a mim examinar os resultados e dar-lhes uma forma literária. Concordamos também que ele visitaria o vilarejo tão logo possível, para conhecer todas as pessoas envolvidas. Enquanto isso, eu mostrei os positivos, e em alguns casos os negativos, a vários amigos cuja opinião em assuntos psíquicos eu respeitava.

# O advento das fadas

O primeiro de todos seria sem dúvida Sir Oliver Lodge. Ainda me lembro da expressão de surpresa e interesse no rosto dele enquanto examinava as imagens, que tinha colocado na frente dele no salão do Athenaeum Club. Com sua cautela habitual, ele se recusou a levá-las a sério, e sugeriu a hipótese de que se tratasse de fotos de dançarinas do California Classical sobrepostas a um segundo plano rural britânico. Eu rebati que as imagens podiam ser atribuídas a duas crianças da classe baixa, e que tais truques fotográficos estavam muito além de suas capacidades e possibilidades, mas não consegui convencê-lo, e ainda agora não tenho certeza de que ele acredite na questão.

Meus críticos mais convencidos foram os espiritualistas, para os quais um gênero de seres tão diferentes dos espíritos quanto dos humanos era uma ideia difícil de aceitar, e que temiam, com toda razão, que essa intrusão viria a complicar a controvérsia espiritual, tão vital para muitos de nós. Um deles era um homem que chamarei de senhor Lancaster; num paradoxo bastante frequente, ele aliava capacidades notáveis de clarividência e clariaudiência a uma grande competência na prática de sua prosaica profissão. Ele afirmara ter visto com frequência aquele pequeno povo com seus próprios olhos; portanto, eu atribuía certa importância à opinião dele. Aquele senhor tinha um espírito guia (não tenho nenhuma objeção aos sorrisos dos céticos), e foi àquele espírito que ele repassou a questão. A resposta mostrou ao mesmo tempo a força e a fraqueza das indagações psíquicas desse tipo. Ele me escreveu em julho de 1920, dizendo:

"*Re Fotografias*: Quanto mais penso nisso, menos gosto (digo a imagem com as fadas de chapeuzinho à moda parisiense). Meu próprio guia diz que foram tiradas por um homem louro, baixinho, com o cabelo penteado para trás, que tem um estúdio com uma porção de câmeras, algumas das quais são 'usadas com cabo'. Ele não teria feito isso para pregar uma peça aos espiritualistas, mas para agradar a menina na foto, que escrevia contos de fadas, os quais seriam ilustrados com as imagens. Não é um espiritualista, mas acharia muito divertido se alguém caísse naquilo. Não mora perto de onde fomos, e o lugar é muito diferente, isto é, as casas, em vez de ficarem em linha reta, estão espalhadas por todo o lugar. Aparentemente não é inglês. Acharia que pela descrição pode ser da Dinamarca ou de Los Angeles, informação que lhe repasso pelo que vale."

"Gostaria muito de ter uma lente como essa, capaz de captar pessoas em movimento rápido com a nitidez da foto em questão. Deve abrir a F 4.5 e custar nada menos que 50 guinés, e certamente não é o tipo de lente que a gente imagina que crianças de uma família de baixa renda possam ter numa câmera portátil. Contudo, apesar da velocidade com a qual a foto foi tirada, a cachoeira em segundo plano é suficientemente mexida para que se possa deduzir uma

## O advento das fadas

exposição de no mínimo um segundo. Sou cético mesmo! Me disseram um dia desses que, na hipótese improvável de que acabe indo para o céu, eu deveria (a) insistir para empreender uma classificação dos anjos, e (b) preparar posições de defesa para proteger o lugar da possibilidade de uma invasão por parte do inferno. Sendo esta, infelizmente, minha reputação aos olhos daqueles que pretendem me conhecer, podem descontar minhas críticas como meros sofismas — até um certo ponto, pelo menos."

Essas percepções e mensagens psíquicas parecem frequentemente aquelas imagens distorcidas que vemos através de um vidro, uma mistura estranha de verdade e erro. Quando repassei a mensagem ao senhor Gardner, ele garantiu que a descrição correspondia perfeitamente ao senhor Snelling e tudo em volta dele. Snelling era a pessoa que cuidara de fato dos negativos, os submetera a vários testes e ampliara os positivos. Fora, portanto, o acidente intermediário, e não o verdadeiro começo da história, que havia impressionado o guia do senhor Lancaster. Tudo isso, é claro, não representaria prova nenhuma para o leitor comum, mas coloco tudo o que tenho sobre a mesa.

Demos tanta importância para a opinião do senhor Lancaster, e sentíamos tanto a necessidade de não deixar nada de lado para alcançar a verdade, que submetemos as chapas a novos exames, conforme detalhado na seguinte carta:

# Arthur Conan Doyle

5 Craven Road, Harlesden, N.W. 10,
12 de julho de 1920

Caro Sir Arthur,

Umas poucas linhas para relatar-lhe nossos progressos, responder suas estimadas cartas e dar-lhe conhecimento do anexo da Kodak.

Há uma semana, depois de seu relato sobre a opinião do senhor Lancaster, achei que seria importante buscar um exame dos negativos mais aprofundado do que tudo o que tentamos antes, embora isso implicasse buscar ainda muito. Assim, fui visitar o senhor Snelling em Harrow, e tive uma longa conversa com ele, mais uma vez insistindo sobre a importância de chegarmos a uma completa certeza. Como creio já ter lhe dito, o senhor Snelling tem uma colaboração de mais de trinta anos com a Autotype Company e com a grande fábrica fotográfica Illingworth's, e produziu por conta própria uns belíssimos trabalhos em luz natural e em estúdio. Ele abriu recentemente seu próprio estúdio em Wealdstone (Harrow), que deu bastante certo.

A análise que o senhor Snelling fez dos dois negativos é positiva e conclusiva. Ele diz que tem absoluta certeza de duas coisas em relação a essas fotos, isto é:

1. Trata-se de uma exposição única
2. Todos os seres mágicos se mexeram durante a exposição, que foi um "instantâneo".

## O advento das fadas

Quando o pressionei com uma série de perguntas específicas, sobre a hipótese de figurinhas de papel ou cartolina, de fundos e imagens pintadas, e outros tipos de artifícios de um estúdio moderno, ele fez questão de me mostrar outros negativos e ampliações que confirmavam seu ponto de vista. Ele acrescentou que qualquer um, com experiência suficiente, poderia detectar imediatamente qualquer fundo escuro e qualquer dupla exposição. O movimento também é fácil de identificar, como ele apontou numa porção de fotos de aviões que tinha ali. Não vou dizer que fui capaz de entender todas as explicações que me deu, mas posso afirmar com certeza que ele me convenceu com relação aos dois pontos acima, os quais, eu acho, acabam com qualquer objeção anterior quando consideradas em conjunto. O senhor S. se dispõe a fazer qualquer declaração sobre esses pontos e não hesita em colocar em jogo sua reputação sobre sua veracidade.

Estarei longe de Londres da quarta-feira próxima até o dia 28, quando seguirei adiante para Bingley, para uma investigação de um ou dois dias no próprio local. Sugiro que o senhor fique com os dois negativos, que estão bem protegidos e podem ser enviados pelo correio sem riscos, durante esses próximos quinze dias. Se preferir não se arriscar, os mandarei pelo correio ou por entrega ao senhor West da Kodak para saber sua opinião, que, com sua experiência ampla e direta, seria valiosa.

## Arthur Conan Doyle

Agora estou ansioso para concluir tudo isso, já que, embora eu estivesse bastante certo antes, estou mais satisfeito ainda depois dessa última entrevista.

*Cordialmente,*
*Edw. L. Gardner*

Depois de receber essa mensagem e ter comigo os negativos, os levei eu mesmo para o escritório da Kodak Company em Kingsway, onde encontrei o senhor West e outro especialista fotográfico da empresa. Ambos examinaram com cuidado as chapas, e nenhum dos dois pôde detectar qualquer prova de superposição, ou qualquer outro truque fotográfico. Por outro lado, eles acham que, com todos os seus conhecimentos e recursos técnicos, eles seriam capazes de produzir fotos desse tipo por meios naturais; portanto, eles não querem assumir a responsabilidade de afirmar que são sobrenaturais. Isso, é claro, seria perfeitamente razoável se o que estivesse em jogo fosse as fotos como produções técnicas; mas soa mais como o surrado argumento antiespiritualista de que se alguém treinado pode produzir certos efeitos nas condições mais propícias para ele próprio, em princípio qualquer efeito similar obtido por uma mulher ou criança deve ter sido alcançado por meios análogos. Afinal de contas, parecia cada vez

B. ELSIE E O GNOMO

Foto tirada por Frances. Dia bastante claro, em setembro de 1917. A câmera, "Midg". Distância, 2,6 metros. Exposição, 1/50 de segundo. O negativo original foi testado, ampliado e analisado de forma completa e aprofundada assim como o A. Esta chapa estava muito subexposta. Elsie brincava com o gnomo, tentando convencê-lo a subir em seu joelho.

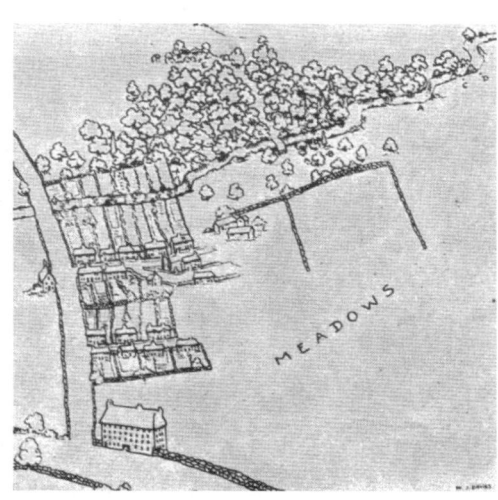

O VALE E O RIACHO DE COTTINGLEY

A localização das fotos está marcada como A, B, C, D, E, enquanto a casa está marcada com X.

ELSIE E FRANCES
Um instantâneo tirado pelo senhor Wright em junho de 1917, com a câmera "Midg" que acabara de conseguir — sua primeira e única câmera.

mais claro que a investigação teria de se concentrar sobre o caráter e o ambiente das crianças, mais do que sobre as próprias fotos. Eu já tinha feito uma tentativa de estabelecer um contato com a menina mais velha, enviando-lhe um livro, e recebido em resposta a pequena mensagem seguinte, vinda do pai:

*31 Main Street, Cottingley, Bingley*
*12 de julho de 1920*

Prezado Senhor,

Queira perdoar-me por não ter respondido sua carta com mais urgência para agradecer-lhe o belo livro que mandou para Elsie. Ela ficou encantada. Posso garantir-lhe que apreciamos a honra que o senhor lhe prestou. O livro chegou na manhã de sábado passado, uma hora depois que saímos de viagem para nossas férias na praia; por isso, só o recebemos mesmo ontem à noite. Recebemos ao mesmo tempo uma carta do senhor Gardner, propondo nos visitar no final de julho. Seria muito esperar até então, quando poderíamos contar o que sabemos a respeito?

*Com gratidão,*
*Arthur Wright*

# Arthur Conan Doyle

Era evidente, porém, que era preciso ficarmos em termos mais pessoais, e com esse objetivo o senhor Gardner viajou para o norte e entrevistou a família inteira, com uma ampla investigação *in loco* das circunstâncias. O resultado de sua viagem encontra-se no artigo que publiquei na *Strand Magazine*, que abrange tudo. Vou só acrescentar a carta que ele me escreveu na sua volta de Yorkshire.

*5 Craven Road, Harlesden, N.W. 10,*
*31 de julho de 1920*

Caro Conan Doyle,

Acabo de receber sua carta, e tendo agora uma hora para pôr as coisas em ordem, escrevo logo para que você tenha em mãos o anexo o mais rápido possível. Deve estar com muita pressa, por isso vou tentar expressar as coisas da forma mais simples, deixando ao seu critério usar o que lhe parece certo. Os negativos tratados, as ampliações, as chapas, os cromos, tenho tudo aqui comigo.

Na terça-feira terei minhas próprias fotografias da paisagem do vale, incluindo os dois lugares que aparecem nas fotos das fadas, e também fotos em papel tiradas em 1917 das duas crianças sem sapatos e sem meias, brincando no riacho atrás da casa delas. Tenho também uma ampliação de Elsie mostrando a mão.

# O advento das fadas

A respeito das questões que o senhor levanta:

1. Tenho autorização e permissão para agir, em relação ao uso dessas fotos, como eu achar melhor. Podemos publicá-las, com a única condição de omitir os nomes completos e os endereços.

2. Tenho aqui cópias prontas para a Inglaterra e os Estados Unidos.

3. ... A Kodak e também a Illingworth Co. não querem testemunhar. Da primeira, claro, o senhor já sabe. A Illingworth sustenta que poderia produzir em estúdio, com uma impressão adequada e hábil, um negativo parecido. Outro especialista fotográfico da empresa fez afirmações sobre a construção do "modelo" que me pareceram completamente errôneas. De qualquer forma, eles proibiram qualquer publicação. A conclusão, além da opinião de Snelling, é a de que a foto poderia, sim, ter sido produzida em estúdio, mas não há prova alguma de que isso possa ter acontecido *de fato* (poderia acrescentar que Snelling, que encontrei de novo ontem à tarde, zomba da possibilidade de que esses negativos possam ter sido produzidos. Ele insiste que detectaria algo assim sem a menor hesitação!).

4. O meu relato está anexado, e pode dispor dele como bem quiser.

O pai, Arthur Wright, me fez uma ótima impressão. Ele se posicionou de forma aberta e espontânea sobre o assunto. Explicou sua posição — não entendia nada daquilo tudo, mas tem certeza de que a chapa que retirou da câmera Midg era a mesma que tinha colocado naquele mesmo dia. Ele trabalha como eletricista num loteamento nas vizinhanças. É lúcido e muito inteligente, e dá a impressão de ser franco e honesto. Fiquei sabendo do porquê de a família me tratar de maneira tão cordial. A senhora Wright, alguns anos atrás, havia mantido contato com os ensinamentos teosóficos, e fala a respeito como algo que lhe fizera bem. Ela sabia da minha ligação com a Sociedade Teosófica, e isso lhe deu confiança. Por isso, a recepção tão cordial que recebi, e que me deixara um tanto perplexo.

Aliás, acho que o espírito-guia de L.W. esbarrou mesmo no coitado de Snelling! Ele corresponde bastante à descrição, como pude averiguar ontem à noite. E foi ele quem tratou os dois negativos a partir dos quais foram feitas as ampliações, e ele tem uma sala inteira repleta de aparelhos estranhos e instrumentos usados em fotografia...

*Cordialmente,*
*Edw. L. Gardner*

Acredito que o leitor pode concordar que, até esse ponto, procedemos sem credulidade e sem precipitação indevida, e que tomamos todos os procedimentos ditados pelo bom-senso para avaliar o caso; como pessoas engajadas em buscar a verdade sem preconceitos, não tínhamos alternativas a não ser ir adiante e apresentar os resultados ao público, para que outros possam descobrir a falha que nós mesmos fôramos incapazes de achar. Peço desculpas se alguns argumentos no artigo da *Strand* mais adiante já foram tratados neste capítulo introdutório.

# CAPÍTULO II

# O primeiro relato publicado – *Strand*, edição de natal, 1920

Se os acontecimentos narrados e as fotos aqui incluídas puderem suportar as críticas que irão provocar, não seria exagerado dizer que irão marcar uma época no pensamento humano. Eu os coloco, assim como todas as evidências que temos, diante do público para serem examinados e julgados. Se eu me perguntar se considero o caso resolvido de uma vez por todas, responderia que, para tirar a mínima sombra de dúvida, gostaria de ver o resultado repetido diante de uma testemunha imparcial. Ao mesmo tempo, reconheço a dificuldade de uma exigência desse tipo, já que resultados específicos e particulares devem ser obtidos quando e como pudermos. Mas, por falta de uma prova final e absoluta, creio que, depois de buscarmos cuidadosamente qualquer possível causa de erro, temos nas mãos um sólido caso *prima facie*. É claro que haverá quem denuncie aos brados a "falsificação", impressionando aqueles que não tiveram a oportunidade de conhecer as pessoas envolvidas, ou os lugares. Do ponto de vista fotográfico, qualquer objeção foi levada em conta e respondida de maneira adequada. As imagens se sustentam juntas, ou ruem juntas. Ambas são falsas, ou ambas são verdadeiras. As circunstâncias todas apontam para essa última hipótese; contudo, num assunto que implica um recomeço tão radical, precisamos de provas esmagadoras antes de poder dizer que não há espaço concebível para erros.

Por volta do mês de maio deste ano, recebi da senhorita Felicia Scatcherd, bem conhecida em várias áreas do pensamento humano, a informação de que no norte da Inglaterra haviam sido tiradas duas fotos de seres mágicos, em circunstâncias que pareciam excluir a possibilidade de fraude. Uma notícia dessas teria suscitado meu interesse a qualquer momento, mas bem naquela época eu colhia material para um artigo sobre as fadas, agora concluído, e tinha acumulado uma quantidade surpreendente de casos de pessoas que alegavam ter a capacidade de ver essas pequenas criaturas. As provas eram tão completas e detalhadas, com nomes tão sérios envolvidos, que seria difícil acreditar que pudessem ser falsas; mas, por ter certa tendência ao ceticismo, decidi que seria preciso algo mais próximo, antes de eu formar uma convicção pessoal e convencer-me de que não se tratava de pensamentos materializados pela imaginação ou pela expectativa dos observadores. Assim, o boato sobre as fotos atraiu minha curiosidade, e seguindo os indícios de uma informante para outra, cheguei até o senhor Edward L. Gardner, que se tornou meu colaborador mais eficiente, para quem vai todo o mérito. O senhor Gardner, é bom relembrar, é membro do comitê executivo da Sociedade Teosófica, e bem conhecido como palestrante sobre assuntos de ocultismo.

Ele mesmo, naquele momento, ainda não tinha uma noção completa do caso, mas mesmo assim colocou tudo o que tinha em mãos à minha disposição. Eu já vira as fotos em papel, mas fiquei aliviado de descobrir que ele tinha os negativos originais. Foram esses originais, e não as ampliações, que dois fotógrafos de grande experiência, especialmente o senhor Snelling de 26 The Bridge, Wealdstone, Harrow, examinaram para chegarem à conclusão da autenticidade das imagens. O senhor Gardner contará sua própria história a seguir, só quero acrescentar que naquele período ele entrou em contato direto e amigável com a família Carpenter. Somos obrigados a usar um pseudônimo e omitir o endereço exato, porque é evidente que suas vidas seriam atormentadas pela correspondência e os visitantes, caso suas identidades chegassem a ser reveladas. Ao mesmo tempo, eles não teriam qualquer objeção que um

# O advento das fadas

pequeno comitê de investigação verificasse os fatos, caso seu anonimato fosse respeitado. Por enquanto, contudo, os chamaremos de família Carpenter, do vilarejo de Dalesby, em West Riding.

Aproximadamente três anos antes, conforme nossas informações, a filha e a sobrinha do senhor Carpenter, uma com dezesseis e outra com dez anos de idade, haviam tirado duas fotos — uma durante o verão e a outra no começo do outono. O pai não tinha opinião formada sobre o assunto, mas como a filha alegava que ela e a prima, quando juntas, viam continuamente seres mágicos nos bosques e tinham ficado amigas deles, ele acabou emprestando para ela sua câmera fotográfica com uma chapa. O resultado foi a imagem dos elfos dançando, o que o deixou bastante maravilhado quando revelou o filme naquela mesma tarde. A menina olhando para a companheira, sugerindo que era o momento de apertar o botão, é Alice, a sobrinha, enquanto a mais velha, que foi retratada alguns meses depois com aquele estranho gnomo, é Íris, a filha. Contam que as meninas estavam tão empolgadas naquela tarde que uma delas entrou à força na pequena câmara escura onde o pai revelava a foto, e quando viu as silhuetas das fadas aparecendo na imagem dentro do banho químico, gritou para a outra, que esperava palpitante do lado de fora: "Oh Alice, Alice, as fadas estão na chapa — estão aí na chapa!" Fora sem dúvida uma vitória para as crianças, que tinham sido objeto de gracejos, da mesma forma que tantas crianças são objeto de deboche pelo mundo incrédulo quando relatam o que seus sentidos perceberam de fato.

O pai exerce um cargo de confiança numa fábrica local, e a família é conhecida e respeitada. A prova de que são pessoas com certa cultura é que a aproximação do senhor Gardner foi facilitada pelo fato de a senhora Carpenter já ter lido ensinamentos teosóficos com bastante proveito. Na correspondência que mantiveram, suas cartas eram francas e honestas, mostrando certo espanto em relação ao alvoroço que o caso poderia provocar.

Eis o ponto ao qual chegamos depois de meu encontro com o senhor Gardner, mas estava claro que aquilo não era suficiente. Tínhamos de chegar mais perto dos fatos. Levamos os negativos para a Kodak, onde dois especialistas não conseguiram encontrar qualquer elemento suspeito, mas recusaram-se a testemunhar acerca da autenticidade deles, na eventualidade de uma armadilha. Um fotógrafo diletante com bastante experiência os considerou falsos em razão dos penteados elaborados, à moda de Paris, das pequenas damas encantadas. Outra empresa fotográfica, que seria cruel nomear, declarou que o segundo plano seriam cenários de teatro e que, portanto, a imagem só podia ser uma falsificação sem valor. Eu me baseei fundamentalmente no aval entusiasta do senhor Snelling, citado mais adiante nessa matéria; achei tranquilizador averiguar que, se as condições no local eram mesmo como fora contado, como, aliás, decidimos testar, seria francamente impossível

## O advento das fadas

para um fotógrafo diletante num pequeno vilarejo dispor dos instrumentos e da capacidade para produzir uma falsificação sofisticada a ponto de não poder ser desvendada pelos melhores especialistas de Londres.

As coisas estando nesse ponto, o senhor Gardner se ofereceu para viajar para lá e fazer um relato — uma expedição que eu teria adorado acompanhar, se não fosse pela pressão excessiva do trabalho às vésperas de minha viagem para a Austrália. O relato do senhor Gardner está anexado a seguir:

*5 Craven Road, Harlesden, N.W.10,*
*29 de julho de 1920*

No começo do ano de 1920, um amigo me contou que no norte da Inglaterra alguém conseguira tirar fotos de seres mágicos. Eu fiz algumas pesquisas, e acabei recebendo as fotos em papel com os nomes e o endereço das crianças que diziam ter tirado as fotos. A correspondência que se seguiu parecia tão inocente e promissora que pedi para que me emprestassem os negativos originais — e alguns dias depois duas chapas chegaram pelo correio. Uma era bem clara, a outra muito subexposta.

Os negativos confirmaram serem fotos realmente impressionantes, já que não havia o menor sinal de exposição dupla ou qualquer outro artifício a não ser o normal. Fui de bicicleta até Harrow para consultar um fotógrafo experiente, com trinta anos de prática, no qual sabia poder confiar para uma opinião isenta. Sem qualquer explicação, lhe mostrei as fotos e perguntei o que achava delas. Depois de examinar os negativos das "fadas" com todo cuidado, começaram a brotar as exclamações: "Essa é a coisa mais extraordinária que já vi!" "Numa única exposição!" "As figuras se moveram!" "Nossa, é uma foto autêntica! De onde saiu?"

Nem preciso acrescentar que fizemos ampliações que foram submetidas a uma inspeção minuciosa — sem que ele mudasse de opinião. A conclusão imediata foi que tiramos um "positivo" de cada negativo, para que os negativos fossem preservados com todos os cuidados sem mais manuseios, e a partir dos positivos foram tirados mais negativos, que serviriam para tirar mais ampliações. Os negativos ainda estão comigo, exatamente como os recebi. Foram tirados ainda alguns diapositivos e algumas ampliações.

Em maio, usei os diapositivos, juntamente com outros, para ilustrar uma palestra na Mortimer Hall, em Londres, e isso suscitou um grande interesse, principalmente por causa dessas imagens e de sua história. Uma semana, mais ou menos, depois, recebi uma carta de Sir A. Conan Doyle, pedindo informações a respeito, depois que um amigo comum repassou-lhe a notícia. Encontramos-nos, e aceitei apressar a investigação pessoal que me propunha a fazer sobre a origem das fotos, e fazê-la imediatamente,

## O advento das fadas

sem esperar até setembro, quando ia viajar para o norte para outras questões.

Em consequência, hoje, dia 29 de julho, estou de volta a Londres depois de uma das excursões mais interessantes e surpreendentes que já tive a sorte de realizar!

Tivemos tempo, antes de eu viajar, de recolher pareceres sobre os negativos de outros fotógrafos experientes, e um ou dois deram opiniões mais críticas do que favoráveis. Nenhum deles disse abertamente que achava que fossem falsificações, mas dois alegaram que poderiam produzir negativos do mesmo tipo em estúdio, com modelos pintados etc., e chegaram a sugerir que a menina na primeira imagem estava sentada atrás de uma mesa coberta de samambaias e musgo, que o cogumelo parecia artificial, que na foto com o gnomo a mão da menina não parecia ser a dela, que o sombreamento geral não parecia uniforme, e assim por diante. Tudo isso teve certo peso, e embora viajasse para o norte com o mínimo de preconceitos possível, no fundo eu estava bastante preparado para que minhas próprias investigações levassem a alguma prova de falsificação.

Depois de uma longa viagem, cheguei a um estranho vilarejo fora do tempo, em Yorkshire, achei a casa e fui cordialmente recebido. A senhora C. e sua filha I. (a menina que aparece brincando com o gnomo) estavam ambas em casa me esperando, e o senhor G., o pai, voltou para casa logo em seguida.

FRANCES, EM 1920

ELSIE, em 1920, perto do lugar onde foi tirada a foto do gnomo, em 1917.

FRANCES E AS FADAS
Foto tirada por Elsie. Dia ensolarado em julho de 1917. A câmera, "Midg". Distância, 1,2 metros. Tempo de exposição, 1/50 seg. O negativo original, segundo fotógrafos experientes, não teria o menor vestígio de manipulação, retoque, ou qualquer outro sinal de que seria outra coisa do que uma única foto assim como foi tirada ao ar livre em condições normais na natureza. A foto é talvez sobre-exposta. A cachoeira e as pedras estão aproximadamente 6 metros atrás de Frances, que está em pé contra a beira do riacho. Vê-se uma quinta fada entre e atrás das duas da direita. As meninas descrevem a cor das fadas como sendo de um rosa muito pálido, verde, lavanda e roxo, mais acentuado nas asas e cada vez mais claro até chegar quase ao branco puro nos membros e nos véus. Cada fada teria uma cor própria.

## O advento das fadas

Muitas das objeções levantadas pelos profissionais foram varridas no ato, quando, meia-hora depois de chegar nos Carpenter, fui explorar um pequeno vale, encantador, nos fundos da casa, com o curso de um córrego onde as crianças costumavam ver e brincar com as fadas. Encontrei o barranco atrás do qual fora fotografada a criança, em pé, sem sapatos e sem meias; havia uma porção de cogumelos, grandes e vigorosos exatamente como na foto. E a mão da menina? Bem, ela me fez prometer, rindo, não dizer muito a respeito, é tão comprida! Permaneci nos lugares que aparecem nas fotos, e foi fácil identificar cada detalhe. Em seguida, tentando extrair tudo o que podia sobre o assunto, recolhi o seguinte, resumido assim:

Câmera usada: "The Midg", chapas de um quarto de polegada, marca Imperial Rapid.

Foto das fadas: julho de 1917. Dia ensolarado e muito quente. Aprox. 15 horas. Distância: 1,2 metros. Exposição: 1/50 de segundo.

Foto do gnomo: setembro de 1917. Dia claro, mas não como o anterior. Aprox. 16 horas. Distância: 2,5 metros. Exposição: 1/50 de segundo.

I. tinha dezesseis anos; sua prima A., dez. Foram tiradas outras fotos, mas não ficaram boas, e as chapas não foram guardadas.

Coloração: os verdes, rosas e lilases mais pálidos. Muito mais intensos nas asas do que nos corpos, que são muito claros, chegando ao branco. O gnomo, conforme a descrição, estaria vestido com culotes pretos, colete marrom avermelhado, e uma touca vermelha de ponta. Ele sacudia suas flautas, segurando-as com a mão esquerda, e subia no joelho de I. quando A. o fotografou.

    A., sua prima de visita, foi embora pouco tempo depois, e I. sustenta que precisam estar juntas para "capturar as imagens". Por sorte, elas irão se encontrar dentro de poucas semanas, e me prometeram tentar conseguir mais algumas. I. acrescentou que gostaria muito de me mandar uma de uma fada voando.

    O testemunho do senhor C. foi claro e conclusivo. A filha suplicara a permissão para usar a câmera. No começo ele resistiu, mas, por fim, depois do almoço num sábado, colocou uma única chapa na Midg, a qual entregou para as meninas. Elas voltaram em menos de uma hora e o imploraram para revelar a chapa, já que I. tinha "capturado a imagem". Ele revelou e ficou espantado com o resultado que conhecemos da foto das fadas!

    A senhora C. diz lembrar bastante bem que as meninas ficaram longe de casa apenas por um curto período de tempo antes de trazerem a câmera de volta.

    Por extraordinárias e surpreendentes que tais fotos possam parecer, estou agora bastante convencido de sua total autenticidade, como estaria sem dúvida qualquer um que tivesse as mesmas provas de honestidade e de simplicidade transparentes, como eu tive. Não vou acrescentar minhas próprias explicações ou teorias, embora seja evi-

## O advento das fadas

dente que em fotografia, para reforçar os corpos etéricos, seja preciso duas pessoas, de preferência crianças. Fora isso, prefiro deixar esse depoimento como uma narrativa simples, sem disfarçar nada do que eu pude averiguar dos acontecimentos.

Preciso ainda acrescentar que não parece que a família tenha feito qualquer tentativa de tornar públicas as fotos, e se houve alguma divulgação nesse sentido a nível local, não foi por iniciativa deles, e tampouco houve qualquer remuneração em dinheiro em relação às fotos.

*Edward L. Gardner*

Gostaria de acrescentar, em nota de rodapé ao relato do senhor Gardner, que a menina deixou claro na conversa que ela não tinha qualquer poder sobre as ações dos seres mágicos, e que o jeito de "aliciá-los", como ela dizia, era sentar de maneira passiva com a mente orientada suavemente naquela direção; em seguida, quando alguma agitação ou movimento distante revelava sua presença, acenar na direção deles e mostrar que eram bem-vindos. Foi Íris quem chamou nossa atenção para as flautas do gnomo, que ambos tínhamos tomado por algum tipo de asa inferior, como nas mariposas. Ela acrescentou que se não houvesse muitos barulhos e zumbidos no bosque, era possível escutar o som das flautas, muito tênue e agudo. Quanto à objeção dos fotógrafos, que as silhuetas dos seres mágicos projetariam sombras bem diferentes daquelas dos humanos, nossa resposta é que o ectoplasma, como é chamado o protoplasma etérico, emite uma tênue luminosidade própria, que poderia modificar bastante as sombras.

Quero acrescentar também ao relatório inequívoco e convincente do senhor Gardner, as palavras exatas que o senhor Snelling, o fotógrafo experiente, nos autorizou a reproduzir. O senhor Snelling deu mostra de uma grande força mental, e prestou um serviço inestimável aos estúdios psíquicos, tomando uma posição firme e colocando em jogo sua reputação profissional como especialista. Há mais de trinta anos ele colabora com a Autotype Company e a grande fábrica de material fotográfico Illingsworth's, e produziu por sua própria conta lindos trabalhos fotográficos na natureza e em estúdio. Ele zomba da ideia de que alguém poderia enganá-lo com uma foto forjada. "Aqueles dois negativos," diz ele, "são fotos absolutamente autênticas, não falsificadas, de uma única exposição, ao ar livre, mostram algum movimento nas figuras dos seres mágicos, e não há o menor sinal de alguma intervenção em estúdio com modelos de papel ou cartolina, fundos escuros, figuras pintadas, etc. Em minha opinião, ambas as imagens são limpas, sem qualquer retoque".

Outra opinião independente foi igualmente clara quanto à autenticidade das fotos, na base de uma vasta experiência com a fotografia prática.

# O advento das fadas

Essa é a nossa convicção, reforçada pelas fotos dos lugares que o coitado do nosso detrator afirmou serem cenários teatrais. Conhecemos bem esse tipo de crítico em todo o nosso trabalho psíquico, embora nem sempre seja possível demonstrar na hora a absurdidade das críticas a quem não esteja a par.

Farei agora alguns comentários sobre as duas fotos, que estudei a fundo com uma lupa de alta resolução.

Um elemento de interesse é a presença daquela flauta dupla — exatamente do tipo que era associado antigamente a faunos e náiades — em ambas as imagens. Mas se há flautas, por que não qualquer outra coisa? Isso não sugeriria uma ampla variedade de utensílios e instrumentos para seu tipo de vida? As roupas parecem bastante significativas. Parece-me que com um maior conhecimento e novas formas de visão, esse povo poderá tornar-se tão concreto e real quanto os esquimós. Há uma borda ornamental na flauta dos elfos que mostra que eles conhecem as dádivas das artes. E quanta alegria no abandono completo daquelas pequenas, graciosas figuras se deixando enlevar pela dança! Devem ter seus sofrimentos e provações tal como nós, mas há pelo menos uma alegria explícita nessa demonstração de suas vidas.

Outra observação geral é que os elfos são uma combinação de humano e borboleta, enquanto o gnomo tem mais a ver com as mariposas. Essa dedução pode ser simplesmente o resultado de uma subexposição do negativo e da iluminação vacilante. Talvez o pequeno gnomo seja da mesma tribo, um macho mais velho, enquanto os elfos são jovens mulheres brincando. Contudo, a maioria dos observadores da vida dos seres mágica relata que há duas espécies distintas, que variam muito em tamanho, aparência e com o ambiente no qual vivem — os seres dos bosques, das águas, das planícies, etc.

Será que todas essas poderiam ser criações da mente? O fato que se pareçam tanto com nossa concepção convencional das fadas e dos gnomos parece corroborar a ideia. Mas se mexem rapidamente, usam instrumentos musicais, e assim por diante, então, é impossível falar de "criações da mente", expressão que sugere algo vago e intangível. De certo ponto de vista, somos todos criações da mente, já que só podemos ser percebidos por meio dos sentidos; contudo, essas pequenas figuras parecem ter uma realidade objetiva, como nós mesmos, mesmo que descobríssemos que suas vibrações precisem de poderes psíquicos ou de chapas sensíveis para revelá-los. Pode ser que pareçam tão convencionais porque eles foram vistos de fato por todas as gerações, e por isso sua descrição correta fora memorizada e retransmitida.

Há um ponto da investigação do senhor Gardner que é importante mencionar. Ficamos sabendo que Íris sabia desenhar, e que numa ocasião ela fez alguns desenhos para um joalheiro. Isso obviamente exigia certa cautela, embora o caráter franco da menina seja, acho, uma garantia suficiente para aqueles que a conhecem. Contudo, o senhor Gardner quis testar suas capacidades no desenho, e des-

## O advento das fadas

cobriu que, embora ela tivesse talento para desenhar paisagens, os seres mágicos que ela esboçou tentando imitar aqueles que vira não tinham a menor inspiração, e não se pareciam em nada com aqueles das fotos. Outro ponto que podemos assinalar para o crítico cuidadoso, armado de uma lente poderosa, é que aquilo que parece um rosto desenhado a lápis ao lado da figura à direita não é, na verdade, nada mais do que o contorno do cabelo e não, como poderia parecer, um perfil desenhado.

Devo confessar que, depois de meses de reflexão, ainda não consigo abarcar o verdadeiro impacto desse evento. Uma ou duas consequências são óbvias. As experiências das crianças deveriam ser levadas mais a sério. Haverá câmeras à disposição. Outros casos bem comprovados virão à tona. Descobriremos que esse pequeno povo é nosso vizinho, com apenas uma pequena diferença de vibrações para nos separar, e esses seres se tornarão familiares. Lembrar-mo-nos deles, mesmo como invisíveis, irá conferir charme e mistério a cada córrego e a cada vale, e despertar um interesse romântico para cada passeio no campo. A aceitação da existência dos seres mágicos irá sacudir a mentalidade materialista do século XX, arrancá-la dos sulcos de lama nos quais afunda, e obrigá-la a admitir que na vida ainda pode haver encanto e mistério. Depois dessa revelação, não será tão difícil para o mundo aceitar essa mensagem espiritual, apoiada por fatos concretos, que lhe foi brindada de forma tão convincente. Isso é o que consigo enxergar, mas poderia haver muito mais. Quando Colombo ajoelhou-se para rezar na beira da América, qual olhar profético teria conseguido entrever o quanto um novo continente alteraria os destinos do mundo? Parece que nós também estamos à beira de um novo continente, separados não por oceanos, mas por condições psíquicas tão sutis e transponíveis. Encaro essa perspectiva com certo espanto. Vai que essas pequenas criaturas venham a sofrer em contato conosco, e que precisem de algum Las Casas para deplorar sua destruição! Se esse fosse o caso, seria um dia bastante ruim aquele em que o mundo descobrisse sua existência. Mas há uma mão guiando os destinos do ser humano, e não temos outra escolha a não ser confiar e deixar acontecer.

## CAPÍTULO III

# Aceitação das primeiras fotos

Embora eu não estivesse na Inglaterra naquele momento, mesmo da Austrália foi possível perceber o interesse que suscitou a publicação das primeiras fotos na *Strand Magazine*. Os comentários na imprensa foram de regra bastante prudentes, mas não agressivos. O velho grito de "falso!" foi bem mais discreto do que eu pensava que seria; o fato é que nos últimos anos a imprensa adotou uma visão mais ampla em relação aos assuntos psíquicos, e está menos disposta a atribuir qualquer manifestação diferente à fraude. Alguns jornais de Yorkshire fizeram investigações aprofundadas, e me disseram que todos os fotógrafos dentro de um raio bastante amplo foram interrogados minuciosamente para descobrir qualquer cumplicidade. A revista *Truth* (Verdade), obcecada com a ideia de que

# O advento das fadas

o movimento espiritualista e tudo o que tenha a ver com ele nada mais é do que uma imensa, alucinada conspiração para ludibriar, ideada por alguns malandros e aceita pelos tolos, publicou como sempre seus artigos desdenhosos e desprezíveis. Artigos finalizando sempre com a súplica para Elsie, pedindo que pare com a brincadeira e informe o público sobre como ela teria feito aquilo tudo. O melhor dos ataques críticos foi o da *Westminster Gazette*, que mandou um enviado especial para desvendar o mistério, e publicou os resultados no dia 12 de janeiro de 1921. Eles gentilmente autorizaram a reprodução do artigo a seguir:

AS FADAS EXISTEM MESMO?
UMA INVESTIGAÇÃO NUM VALE DE YORKSHIRE
O MISTÉRIO DE COTTINGLEY
A HISTÓRIA DA MENINA QUE TIROU AS FOTOS

A publicação de fotos de fadas — ou melhor, uma foto de fadas e outra de um gnomo — brincando com umas crianças suscitou bastante interesse, não só em Yorkshire, onde dizem que existem aqueles seres, mas no país inteiro.

A história, que já era misteriosa quando foi contada pela primeira vez, tornou-se mais enigmática ainda pelo fato de que Sir A. Conan Doyle valeu-se de nomes fictícios em sua narração na *Strand Magazine* para, como ele diz, preservar dos curiosos e da correspondência as vidas das pessoas envolvidas. Não deu certo. Parece que Sir Conan não conhece o povo de Yorkshire, especialmente o dos vales, pois qualquer tentativa de disfarçar a identidade suscita imediatamente suspeitas, e até reprovação em relação a quem escreve, pela dissimulação.

Não surpreende, portanto, que sua crônica seja aceita com reservas. Todos aqueles com quem eu falei a respeito durante minha curta estadia em Yorkshire dispensaram o assunto sem mais nem menos, como uma mentira qualquer. Durante várias semanas foi o principal assunto das conversas, ainda mais depois que a verdadeira identidade da família foi descoberta.

Minha missão em Yorkshire era chegar, se possível, a alguma prova que confirmasse ou desmentisse a afirmação de que as fadas existem. Devo confessar que falhei.

A terra encantada em questão é um lugarzinho pitoresco fora de mão, a duas ou três milhas de Bingley. Ali está o vilarejo chamado Cottingley, quase escondido numa falha no planalto, onde corre um pequeno riacho, conhecido como Cottingley Beck, que se junta, menos de uma milha adiante, com o Aire. A "heroína" da narração de Sir Conan Doyle é a menina Elsie Wright, que vive com seus pais no endereço 31 Lynwood Terrace. O riacho corre atrás da casa, e as fotos foram tiradas a umas poucas centenas de metros dali. Quando a senhorita Wright encontrou os seres mágicos, ela estava em companhia de sua prima, Frances Griffiths, que vive na Dean Road, em Scarborough.

# O advento das fadas

Uma foto, tirada pela senhorita Wright no verão de 1917, quando tinha 16 anos, mostra sua prima que, na época, tinha dez anos, com um grupo de quatro fadas dançando no ar diante dela, e na outra, tirada alguns meses depois, Elsie, sentada na grama, com um estranho gnomo dançando ao seu lado.

Há alguns fatos que emergem claramente, e que não foram abalados por nenhum dos testemunhos que obtive. Ninguém, a não ser elas, jamais viu as fadas, embora todos no vilarejo estejam sabendo de sua suposta existência; quando Elsie tirou as fotos, não tinha o menor conhecimento do uso da câmera, e mesmo assim teve sucesso na primeira tentativa; as meninas nunca convidaram outra pessoa para ver seus visitadores encantados, e nunca tentaram tornar pública sua descoberta.

Comecei entrevistando a senhora Wright, a qual, sem hesitação, contou todas as circunstâncias sem acrescentar nenhum comentário. As meninas, contou, costumavam passar grande parte do dia no vale fechado, até levando seu almoço, embora estivessem tão perto de casa. Elsie é bastante frágil, e não trabalhava durante os meses de verão, para tirar o mais benefício possível brincando ao ar livre. Ela contava com frequência ter visto seres mágicos, mas os pais achavam que aquilo nada mais era do que uma fantasia infantil, e não davam importância. O senhor Wright tinha uma pequena câmera em 1917, e numa tarde de sábado acabou cedendo às súplicas insistentes da filha e permitiu que a levasse. Ele preparou para ela uma chapa, e explicou-lhe como tirar a foto. As meninas saíram radiantes e voltaram menos de uma hora depois, pedindo para o senhor Wright revelar logo a chapa. Durante a revelação, Elsie viu que as fadas começavam a aparecer, e gritou excitada para a prima, "Oh, Frances, as fadas estão na chapa!" A segunda foto também deu certo, e algumas ampliações das duas chapas foram presenteadas a amigos como curiosidades, cerca de um ano atrás. Aparentemente chamaram pouco a atenção, até que uma delas foi mostrada a alguns dos representantes num congresso teosófico em Harrogate, no último verão.

Com certeza, a senhora Wright me deu a impressão de não querer esconder nada, e respondeu às minhas perguntas com toda franqueza. Ela me contou que Elsie sempre dizia a verdade, a ponto de alguns vizinhos terem acreditado na história das fadas simplesmente por conhecer bem a menina. Perguntei da profissão de Elsie, e a mãe disse que, depois de sair da escola, ela trabalhou por alguns meses para um fotógrafo na Manningham Lane, em Bradford, mas não gostava de realizar tarefas o dia inteiro. O único outro trabalho que cumpria lá era de "olheira". Nada que possa ter ensinado a uma menina de catorze anos a falsificar uma chapa. Dali ela foi para uma loja de joalheiro, mas não ficou por muito tempo. Durante vários meses antes de tirar a primeira foto, ela ficou em casa e não entrou em contato com ninguém que fosse proprietário de uma câmera.

ELSIE SENTADA NA BEIRA DO RIACHO ONDE AS FADAS DANÇAVAM EM 1917 (Foto de 1920).

A CACHOEIRA ACIMA DO LUGAR DA ÚLTIMA FOTO.

FOTO TIRADA POR ELSIE EM AGOSTO DE 1920. Câmera, "Cameo". Distância, 1 metro. Exposição, 1/50 de segundo. Este negativo e os dois seguintes (D e E) foram examinados com o mesmo rigor dos anteriores, e da mesma maneira não revelam qualquer sinal de não serem fotos perfeitamente autênticas. Como as outras, foram tiradas com as chapas que lhes foram fornecidas (as chapas haviam sido marcadas sem que as meninas soubessem).

# O advento das fadas

Naquela época, o pai sabia muito pouco de fotografia, "unicamente o que aprendi brincando com a câmera", como ele disse, e qualquer suspeita de que ele possa ter manipulado a chapa deve ser descartada.

Quando voltou para casa do trabalho no moinho ali perto e ficou sabendo da natureza da minha pauta, ele disse que "estava cheio" da história toda, e que não tinha mais nada para contar. Mesmo assim, ele acabou dando mais detalhes sobre o que a mulher contara, concordando em cada pormenor, e o relato de Elsie, que recolhi em Bradford, nada acrescentou. Assim, eu fiquei com as informações fornecidas pelos três membros da família em momentos diferentes, sem nenhuma variação. Os pais confessaram que achavam difícil aceitar como verdadeiras as fotos, e até pressionaram as meninas para descobrir como conseguiram falsificá-las. As crianças persistiram em sua versão e negaram qualquer ato desonesto. Por fim, "ficou tudo naquilo mesmo". Ainda agora, sua crença na existência dos seres mágicos nada mais é do que a aceitação das afirmações da filha e da sobrinha.

Verifiquei que Elsie era considerada "sonhadora" por sua professora na escola, e a mãe disse que era atraída por qualquer coisa que tivesse a ver com a imaginação. Quanto à possibilidade de ela ter desenhado as fadas quando tinha 16 anos, tenho muitas dúvidas. Recentemente começou a pintar com aquarelas, e seus trabalhos, que examinei cuidadosamente, não revelam grandes habilidades, embora ela tenha um conhecimento notável da cor, para alguém sem formação artística.

# Arthur Conan Doyle

Sir A. Conan Doyle diz que no começo ele não tinha certeza se as fadas não eram mesmo criações do pensamento evocadas pela imaginação ou a expectativa das meninas enquanto videntes. O senhor E. L. Gardner, um membro do comitê executivo da Sociedade Teosófica, que investigou *in loco* e também entrevistou todos os membros da família, deixa clara sua opinião de que as fotos são autênticas.

Mais tarde, àquele dia, fui para Bradford, e encontrei Elsie Wright na fábrica de cartões de Natal Sharpe's. Ela estava trabalhando no quarto de cima, e inicialmente ela se recusou a me encontrar e mandou uma mensagem explicando que não queria ser entrevistada. Um segundo pedido deu certo, e ela apareceu num pequeno balcão na entrada da fábrica.

É uma menina alta e magra, com uma grande cabeleira ruiva, na qual estava entrelaçada uma fina fita dourada, que dava a volta na cabeça. Assim como seus pais, ela afirmou não ter nada a dizer sobre as fotos e curiosamente usou até a mesma expressão de seu pai e sua mãe — "estou cheia" dessa história.

Aos poucos ficou mais comunicativa, e acabou me contando como tirou a primeira foto.

Quando perguntei de onde vinham os seres mágicos, ela disse não saber.

"Você os viu chegando?" perguntei; e como ela deu uma resposta afirmativa, sugeri que devia ter percebido de onde vinham.

## O advento das fadas

Elsie Wright hesitou, e respondeu rindo, "Não poderia dizer". Ficou também perdida tentando explicar para onde foram depois de dançar perto dela, e ficou sem graça quando a pressionei para que me explicasse melhor. Duas ou três perguntas ficaram sem resposta, e minha sugestão, de que poderiam ter "simplesmente sumido no ar", provocou a resposta monossilábica, "sim". As fadas não falaram com ela, disse, nem ela com elas.

Quando estava lá com a prima, ela via os seres mágicos com frequência. Elas eram criancinhas quando os viram pela primeira vez, insistiu, mas não contaram a ninguém.

"Mas", eu repliquei, "seria normal esperar que uma criança que tivesse visto seres mágicos pela primeira vez corresse para contar para a mãe". A resposta dela foi repetir que não contara para ninguém. A primeira ocasião na qual as fadas se deixaram avistar foi no ano de 1915.

Depois de mais perguntas, Elsie Wright contou que ela continuou as vendo desde então, e tinha tirado mais fotos, e as chapas estavam em posse do senhor Gardner. Mesmo depois que várias ampliações da primeira série de seres mágicos foram distribuídas para amigos, ela não contou a ninguém que continuou os vendo. O fato de que mais ninguém no vilarejo tenha visto os seres mágicos não a surpreendeu. Ela acredita que ela e sua prima eram as únicas pessoas tão bem-aventuradas, e tem certeza também de que mais ninguém teria esse privilégio. "Se qualquer outra pessoa for lá", ela disse, "as fadas não se mostrarão".

Mais perguntas para tentar desvendar a razão para aquela afirmação tiveram como únicas respostas uns sorrisos e o comentário final, bem significativo: "O senhor não entende".

Elsie Wright ainda acredita na existência dos seres mágicos, e espera voltar a vê-los no próximo verão.

Os seres mágicos de Cottingley, pelo menos aqueles que se mostraram para as duas meninas, devem ser elfos solares, já que Elsie diz que eles apareciam só quando o tempo estava claro e ensolarado; nunca quando estava encoberto ou chuvoso.

A parte mais estranha da narração da menina é sua afirmação de que, em suas aparições recentes, as fadas são mais "transparentes" do que em 1916 e 1917, quando eram "bastante duras". Aí ela acrescentou a ressalva: "Sabe, éramos bem novas então". Ela não quis entrar em detalhes, apesar de minha insistência.

O vilarejo, até então completamente desconhecido, promete se tornar destino de muitas peregrinações no próximo verão. Há um velho ditado em Yorkshire: "Só acredito no que eu vejo", uma máxima ainda muito válida.

O tom geral desse artigo mostra claramente que o enviado teria adorado conseguir um grande furo jornalístico, elucidando a intriga toda. Contudo, era um homem inteligente e de cabeça aberta, e acabou trocando o papel de encarregado de acusação para aquele de juiz tolerante. Podemos observar que ele não conseguiu descobrir um único fato novo em relação ao que já estava no meu texto, a não ser o fato interessante de que era absolutamente a primeira foto que as crianças tiravam na vida. Seria concebível que, nessas circunstâncias, elas conseguissem produzir uma imagem falsificada capaz de sustentar o escrutínio de tantos especialistas? Dando por certa a honestidade do pai, que ninguém questionou, Elsie só poderia ter feito aquilo com imagens recortadas, que ainda deveriam ser de uma beleza notável, de vários modelos diferentes, modelados e guardados sem que os pais soubessem, e conseguir dar-lhes a impressão de movimento detectada pelos especialistas. É muita coisa!

Na matéria da *Wenstminster*, fica claro que quem escreve não tem muita familiaridade com a pesquisa psíquica. A surpresa que ele expressa em relação ao fato de que a menina não sabia de onde vinham ou para onde iam as aparições, sabendo que eram formas psíquicas que se materializavam em sua aura específica, não chega a ser muito razoável. É também bastante comum que os fenômenos psíquicos sejam sempre mais ativos com sol e calor do que com tempo ruim e úmido. Por fim, o comentário da menina sobre o fato de que as figuras ficavam cada vez mais diáfanas é muito sugestivo, já que certas formas de mediunidade são associadas à infância, e a tendência é que seja uma fase transitória, que se perde quando a menina se torna mulher e a mente fica mais sofisticada e convencional. Podemos observar esse processo na segunda série de imagens, especialmente na pequena figura oferecendo a flor. Receio que tal processo já se tenha completado, e que não teremos mais demonstrações de vida mágica por meio dessa fonte específica.

Uma modalidade de ataque contra a autenticidade das fotos foi a produção de difamações com a argumentação: "Vejam o quanto isso parece verdade, mesmo sendo declaradamente uma falsificação. Como ter certeza de que aqueles não são embustes também?" A falácia desse raciocínio está no fato de que tais imitações foram feitas por especialistas experientes, enquanto os originais eram de crianças sem conhecimento. É mais uma reiteração daquela velha alegação batida, segundo a qual o mundo se deixou enganar por tanto tempo que, se alguém consegue imitar, nas condições que lhe forem convenientes, certos efeitos, então tais efeitos, por si, nunca existiram.

Devemos admitir que algumas dessas tentativas eram muito bem feitas, embora nenhuma delas tenha passado pelo crivo das análises, minhas ou do senhor Gardner. A melhor foi de uma fotógrafa ligada ao Bradford Institute, Ina Inman, cujas imagens estavam tão boas que precisamos de algumas semanas para levá-las em consideração com a mente aberta. Houve também um arranjo, eficaz ainda que bizarro, enviado pelo juiz australiano Docker. No caso dos elfos da senhorita Inman, eles eram um achado, mas nada tinham da graça natural e da liberdade de movimento que caracteriza o maravilhoso conjunto de seres mágicos de Cottingley.

# O advento das fadas

Entre os comentários mais notáveis na imprensa, houve um de George A. Wade, no *London Evening News*, no dia 8 de dezembro de 1920. A matéria contava uma estranha sequência de fatos em Yorkshire:

A questão foi colocada por Sir Arthur Conan Doyle, e foram exibidas fotos que deveriam, de fato, ser imagens do "pequeno povo".

"Fiquei sabendo de algumas experiências que poderiam fornecer alguma clareza sobre a questão se ainda é possível cruzar de verdade fadas, elfos e gnomos nos vales de Yorkshire, onde aparentemente teriam sido tiradas as fotos.

"Enquanto passava um dia no ano passado com um amigo, o conhecido escritor Halliwell Sutcliffe, que vive naquela região, ele me contou, para minha grande surpresa, que conhecia um professor de escola, que vive perto da casa dele, e este insistiu várias vezes ter visto, falado e brincado com seres mágicos numa campina perto dali! O escritor me contou isso como um fato real para o qual ele não conseguia uma explicação razoável. Ele deixou claro que se tratava de uma pessoa com instrução, personalidade e caráter dignos de credibilidade — alguém pouco propenso a delírios ou alucinações e tampouco disposto a enganar os demais.

"Enquanto permanecia na região, soube de alguém em quem podia ter toda confiança, que uma mulher jovem, que vive em Skipton, falara para ele mais de uma vez que ela ia com frequência para — (um lugar nos vales do qual ela deu o nome), 'brincar e dançar com as fadas!' Quando ele expressou sua surpresa, ela repetiu e asseverou ser pura verdade!

"Conversando sobre o assunto com um amigo, William Riley, autor de *Windyridge*, *Netherleigh* e *Jerry and Ben*, um escritor que conhece muito bem os vales e os pântanos de Yorkshire, ele afirmou nunca ter visto de fato seres mágicos lá, mas que conhecia vários habitantes da região dos pântanos, pessoas dignas de confiança, que acreditavam firmemente neles. Essas pessoas, mesmo questionadas, seguem afirmando ter visto duendes com seus próprios olhos em alguns lugares mais favoráveis em Upper Airedale e Wharfedale.

"Quando, algum tempo depois, um jornal de Yorkshire publicou um artigo meu sobre essas coisas, receberam uma carta de uma senhora afirmando que o relato confirmava uma estranha experiência que ela vivenciara quando estava de férias no mesmo vale perto de Skipton.

"Ela sustentava que uma tarde, andando sozinha na encosta de um morro, viu, espantada, numa campina pouco abaixo, uma grande quantidade de fadas e duendes brincando e dançando. Ela pensou estar sonhando, ou tendo alucinações, e chegou a se beliscar e esfregar os olhos para ter certeza de que estava desperta. Quando teve certeza disso, olhou de novo, e mais uma vez viu, incontestavelmente, o 'pequeno povo'. Ela fez um relato detalhado de como eles brincavam, de quanto tempo ela ficara olhando, e de como, aos poucos, eles sumiram. Não havia dúvida de que ela acreditava mesmo que tudo aquilo era verdade.

"O que fazer com tudo isso? Minha cabeça é aberta, mas é difícil acreditar que tantas pessoas, sem saber umas das outras, possam ter se juntado em conluio para afirmar falsidades. É uma coincidência impressionante, se não outra coisa, que as meninas no relato de Sir Arthur Conan Doyle, o professor citado por Sutcliffe, a jovem mulher de Skipton, e a senhora que escreveu para o jornal de Yorkshire tenham localizado o lugar onde se poderiam ver as fadas a poucos quilômetros umas das outras.

"Será que seria possível encontrar as fadas por ali?"

A investida mais dura contra as imagens das fadas pode ser aquela do Major Hall-Edwards, uma autoridade bem conhecida sobre o elemento químico rádio, no *Birmingham Weekly Post*. Ele dizia:

"Sir Arthur Conan Doyle parece dar por certo que as fotos sejam mesmo fotos de seres mágicos, apesar de que não foi apresentada nenhuma comprovação exata de como foram produzidas. Qualquer pessoa que tenha estudado os efeitos especiais que os técnicos de cinema conseguem se dá conta de que é possível, com o tempo e a oportunidade certa, produzir praticamente qualquer coisa que imaginamos.

"É bom destacar que a mais velha das duas meninas foi descrita pela mãe como uma criança com muita imaginação que desenhou fadas durante anos e que foi por um tempo aprendiz numa firma de fotografia. Além disso, ela tem ao alcance alguns vales de grande beleza, onde a imaginação de alguém muito novo pode viajar à vontade.

"Uma das imagens representa a criança mais nova apoiada no cotovelo num barranco, enquanto várias fadas parecem dançar em volta dela. A criança nem olha para elas, mas fica posando para a foto do jeito habitual. A razão dada para essa falta de interesse na brincadeira dos elfos é que ela estava acostumada aos seres mágicos, e estava muito mais interessada na câmera.

"A imagem em questão pode ter sido falsificada de duas formas. Quer as pequenas figuras foram coladas em papelão, recortadas e colocadas perto da figura sentada, quando ela não teria como vê-las, é claro, e a imagem toda produzida numa chapa marcada; quer as figuras das fotos, tiradas de alguma publicação, podem ter sido coladas sobre a foto original, sem fadas. A imagem teria sido fotografada novamente e, se a coisa fosse bem feita, fotógrafo nenhum teria como jurar que o segundo negativo não era mesmo o original.

"O major Hall-Edwards seguia adiante, lembrando que tinham dado muita importância ao fato de que as fadas na foto tinham asas transparentes, mas um fotógrafo experiente poderia muito facilmente reproduzir tal efeito.

"'É até possível,' ele pondera, 'cortar as asas transparentes de insetos e colá-las em cima de uma imagem de fadas. É fácil acrescentar as asas transparentes de insetos grandes, e dispô-las de forma que partes da foto fossem vistas através das asas, para conseguir um efeito muito realístico.'

## O advento das fadas

"Já chamaram atenção para o fato de que embora as 'fadas' fossem representadas como se estivessem dançando — não há sinal nenhum de movimento nas fotos. Uma explicação disso chegou a ser prestada pela própria menina que tirou a foto, que nos disse que os movimentos das fadas são muito lentos e poderiam ser comparados aos filmes em câmera lenta que se veem no cinema. Isso demonstra que a jovem possui certos conhecimentos de fotografia.

"Milhões de fotos já foram tiradas por fotógrafos de todas as idades — crianças e adultos — de cenários bucólicos e lugares que seriam, me disseram, o habitat de ninfas e elfos; mesmo assim, até aparecerem essas duas maravilhosas crianças, a imagem de um ser mágico nunca havia sido registrada numa chapa fotográfica. Na base dessas provas, não tenho o menor receio em afirmar que essas fotos foram falsificadas. Quero criticar a atitude daqueles que declararam haver algo sobrenatural nas circunstâncias envolvidas na tomada dessas fotos porque, como médico, acredito que inculcar tais ideias absurdas na mente das crianças poderá resultar mais tarde em manifestações de desordem nervosa e distúrbios mentais. Não tenho dúvida de que as crianças podem ser criadas de forma a apreciar as belezas da Natureza sem que sua imaginação precise ser tomada por absurdos exagerados, ainda que pitorescos, e por uma sentimentalidade fora de lugar".

O senhor Gardner respondeu:

D. UMA FADA OFERECE UM BUQUÊ DE JACINTOS-DE-ÁGUA PARA ELSIE.
A fada está quase imóvel, pousada nas folhas da selva. As asas estão veiadas de amarelo, e a parte de cima da roupa é de um cor-de-rosa muito pálido.

E. FADAS TOMANDO SOL.
Nesta aparece um traço que as meninas não conheciam. Elas nunca tinham visto o forro ou casulo que aparece no meio da grama, e não tinham a menor ideia do que podia ser. Os apaixonados por seres mágicos e os observadores descrevem aquilo como um banheiro magnético tecido muito rapidamente pelas fadas e usado quando o tempo fica ruim, especialmente no outono.

## Arthur Conan Doyle

"O major Hall-Edwards diz que 'não foi apresentada nenhuma comprovação exata de como elas foram produzidas'. O mínimo que um pretenso crítico deveria fazer, com certeza, é ler os relatos sobre o caso. Ele acusa Sir Arthur Conan Doyle de 'dar por certo que as fotos sejam fotos de verdade de seres mágicos'. Seria difícil apresentar o caso de uma maneira mais distorcida. Os negativos e os contatos foram submetidos aos testes mais aprofundados da ciência fotográfica por especialistas, a maioria dos quais eram abertamente céticos. A conclusão que emergiu foi que as chapas são sem dúvida possível exposições únicas, e que não tem a menor evidência das inúmeras possibilidades de falsificação conhecidas. É claro que isso não as inocentou de maneira absoluta e total, já que, como deixei sempre claro no decorrer das minhas investigações, há sempre a possibilidade de valer-se de processos artísticos bastante sofisticados para produzir negativos desse nível. Pessoalmente, gostaria muito que isso fosse tentado seriamente. As poucas que foram tentadas, embora muito melhores do que os exemplos meio brutos que o major Hall-Edwards apresenta, não suportam qualquer análise, por simples que seja.

"O caso ficou resolvido, na verdade, numa fase inicial, analisando o elemento pessoal e as motivações para falsificar as imagens. Foi isso mesmo que acabou concentrando nossa atenção, porque precisávamos de provas absolutamente satisfatórias de integridade pessoal antes de aceitar a autenticidade das fotos. Pusemos isso em prática, e o rigor dessa abordagem pode ser avaliado pelo fato de que, apesar da investigação que derivou da publicação do nome do vilarejo, da família e das pessoas, nada emergiu que pudesse modificar de qualquer forma meu primeiro relato. Nem precisaria frisar que a força do caso está mesmo em sua impressionante simplicidade, e na integridade da família envolvida. O caso todo se sustenta nos indícios fotográficos e nas evidências pessoais.

"Há certas partes da crítica apresentada pelo major Hall-Edwards nas quais seria talvez melhor nem se adentrar. Sugerir seriamente que visitar um cinema e valer-se da ilustração certa implica 'um conhecimento considerável de fotografia' vale tanto quanto a suposição de que um trabalho temporário numa loja de fotografia revela um nível elevado de habilidade na profissão! Não tem como ser tão ingênuos, e também não dá para acreditar que duas crianças, sozinhas e sem ajuda externa, fossem capazes de produzir em meia-hora uma foto falsificada do tipo 'Alice e as Fadas'".

Além das críticas do major Hall-Edwards, enfrentamos o ataque vindo de *John o' London*, do respeitado escritor Maurice Hewlett, que levanta algumas objeções, que o senhor Gardner rebateu em sua resposta posterior. Eis o conteúdo da matéria do senhor Hewlett:

"Sir A. Conan Doyle chegou a crer na autenticidade do que podemos chamar das fotos Carpenter, que mostraram, alguns dias atrás, aos leitores da *Strand Magazine*, duas garotas bastante comuns interagir com seres alados, pelo que podemos avaliar, de mais ou menos meio metro de altura. Se ele acredita mesmo naquelas fotos, podemos chegar a duas inferências: uma, que ele acredita mesmo na existência daqueles seres; e outra, que uma operação mecânica, na qual a ação humana nada mais fez do que preparar a chapa, focar o objeto, apertar o botão e imprimir a imagem, foi capaz de tornar visível algo que não seria visível de outra maneira a olho nu. Isso é mesmo tudo o que Sir Arthur tem para nos dizer. Ele acredita que as fotos são autênticas. O resto decorre disso. Mas por que ele acredita nisso? Porque as meninas garantem para ele que são verdadeiras. Infelizmente!

"Sir Arthur nem foi pessoalmente, ele confessa, para Yorkshire fazer um contrainterrogatório com as meninas, ainda que ele quisesse mesmo contrainterrogá-las, o que não parece. Mesmo assim, ele despacha em seu lugar um amigo, E. L. Gardner, outra mente bastante aberta, com opiniões bem formadas sobre teosofia e afins, mas bastante carente, pelo que parece, da faculdade lógica. O senhor Gardner tirou fotos por conta própria dos lugares onde as meninas fotografaram uma a outra, ou por ali. Não há seres alados rodando em volta dele, e nos perguntamos por que o senhor Gardner (a) foi fotografado, (b) publicou as fotos na *Strand Magazine*.

"A única resposta que encontro me foi sugerida pela aparição da Virgem e do Menino, para alguns pastores,

# O advento das fadas

num pomar de pessegueiros em Verona. Os pastores contaram para o padre de sua paróquia que a Virgem Maria apareceu de fato para eles numa noite de lua, aceitou uma tigela de leite, e depois colheu um pêssego de uma árvore e o comeu. O padre visitou o lugar com eles, e acabou encontrando um caroço. Isso resolveu a questão. Era evidente que a Madona estivera ali, e havia um caroço de pêssego para comprová-lo.

"Isso me leva à conclusão de que o senhor Gardner fotografou aquele lugar específico para provar a autenticidade das fotos tiradas anteriormente. O raciocínio seria mais ou menos o seguinte: as fotos foram tiradas num lugar específico; mas eu mesmo fui fotografado naquele mesmo lugar; portanto, as fotos são autênticas. Isso cheira a sofisma, mas é um sofisma conciliador; e, por sorte, nem chega a ser muito importante.

"O caminho a ser adotado numa questão desse tipo é sem dúvida o de menor resistência. No que é mais difícil de acreditar, na falsificação de uma foto ou na existência objetiva de seres com asas de meio metro de altura? Sem dúvida, para o homem comum, essa última hipótese; mas vamos tentar imaginar a primeira. Se seres assim existem, se eles se tornam visíveis de vez em quando, e se uma câmera tem condição de revelar para o mundo inteiro o que está escondido da grande maioria das pessoas, ainda não podemos dizer que as fotos dos Carpenter sejam fotos daqueles seres, uma vez que, vejam bem, nós nunca vimos aqueles seres. É verdade: todos vimos fotos de corridas de cavalos ou de cães, de homens correndo num campo, e assim por diante. Vimos imagens artísticas dessas coisas e vimos fotos: o curioso é que nunca, jamais, as fotos de um objeto correndo se parecem com a imagem pintada ou desenhada.

"O cavalo, o cão, ou pessoa, na verdade, na foto, nem parece estar em movimento. E está certo, visto que no instante em que foram fotografados *não estavam mesmo em movimento*. A ação da luz sobre a chapa é tão infinitamente rápida que é possível isolar uma fração de tempo na velocidade de um voo e gravá-la. Combinando uma série de fotos em sequência e colocando-as em movimento, teremos a ilusão do movimento exatamente como aquela numa imagem pintada.

"Agora, os seres que rodeiam a cabeça e os ombros da menina na foto Carpenter são imagens *pintadas* (ou desenhadas) de algo em voo, e não fotografadas. Isso é certo. As figuras estão nas posições clássicas das pinturas convencionais de dança. Não reproduzem bem o movimento. Estão rígidas se as compararmos, por exemplo, aos gnomos rodopiantes da capa externa da *Punch*. Nada têm do voo caprichoso e irresponsável das borboletas. Elas tentam reproduzir uma dança aérea — de uma maneira graciosa demais para ser verdade. As fotos são demasiado pequenas para eu poder decidir se as figuras são pintadas em cartolina ou se são modeladas plasticamente; *mas elas não estão se mexendo.*

# O advento das fadas

"Outra questão, que pode até ser considerada algo de menor importância — mas num assunto desses nada é de menor importância. Para mim é uma certeza, tanto quanto o argumento anterior. Se as figuras estivessem mesmo dançando, e se estivessem ali de verdade, a criança na foto estaria olhando para elas, e não para a câmera. Conheço as crianças.

"E conhecendo as crianças, decidi que as meninas pregaram uma peça em Sir Arthur Conan Doyle. Enquanto isso, sugiro para ele que as épocas nascem, não são criadas".

Em relação a isso, o senhor Gardner respondeu na edição seguinte:

"Teria gostado que as críticas um tanto jocosas do senhor Maurice Hewlett sobre a autenticidade das fotos de fadas publicadas na edição natalina da *Strand Magazine* fossem um pouco mais claras e definidas. A única questão séria que ele levanta é a diferença entre a representação fotográfica e artística do movimento — o senhor Hewlett sustenta que nas fotos é justamente essa última que aparece.

"No que diz respeito às fotos separadas dos lugares, a razão pela qual foram incluídas é bastante evidente. Os especialistas em fotografia afirmaram que, embora os dois negativos não apresentassem nenhum sinal de contrafação (como uma dupla exposição, figuras pintadas no negativo refotografado em seguida, figuras em cartolina ou outro material), não seria impossível conseguir algo do mesmo nível com um trabalho no estúdio muito bem feito. Alguns outros aspectos a serem elucidados eram a neblina acima e ao lado da cabeça da menina, e a aparência fora de foco da cachoeira em contraste com a nitidez das figuras, etc. Uma inspeção *in loco*, com fotos dos lugares, me pareceu a única maneira de esclarecer esses pontos. De fato, a cachoeira estaria aproximadamente seis metros atrás da criança e, portanto, fora de foco. Algumas grandes pedras, na mesma distância ali atrás, ao lado da cachoeira, justificam a nebulosidade. Essas fotos separadas, uma de cada lugar, confirmam inteiramente a autenticidade dos lugares — não das fadas.

"Nos comentários sobre a fotografia de objetos em movimento, o senhor Hewlett faz a afirmação surpreendente de que no instante de ser fotografado, o objeto *não está em movimento* (o itálico é do próprio Hewlett). Me perguntou quando está, então, e o que aconteceria se a foto fosse tirada naquele momento! É claro que o objeto em movimento mexe durante a exposição, independentemente de que seja por 1/50 de segundo ou por 1/1.000.000 de segundo. O senhor Hewlett não é, de forma alguma, o único a incorrer nesse erro. E cada uma das figuras das fadas no negativo revela sinais de movimento. Este foi um dos primeiros aspectos a serem comprovados.

"Estou pronto a admitir, é claro, que isso não resolve a dúvida do porquê de as fadas exibirem muito mais gra-

## O advento das fadas

ciosidade na ação do que veremos no instantâneo comum de um cavalo ou de um homem em movimento. Mas se estamos mesmo tratando de seres mágicos cujos corpos podemos supor serem de natureza puramente etérea e plástica, e não mamíferos sustentados por um esqueleto, seria necessária uma mente ilógica para aceitar que tivessem, como qualidade natural, graça e delicadeza?

"Quanto à última questão — a criança que olha para a câmera em vez de olhar para as fadas —, Alice não tinha a menor experiência sobre a atitude certa diante da câmera. Para ela, as câmeras fotográficas eram muito mais novidade do que as fadas, e nunca tinha visto uma tão perto dela. Por estranho que parecesse, naquele momento é o que a interessava mais. Aliás, será que alguém tão esperto para produzir uma foto falsificada desse nível cometeria um lapso tão elementar, como não orientar a pose do seu retratado?"

Entre outras opiniões interessantes e de peso, em geral de acordo com as nossas afirmações, há uma de certo senhor H.A. Staddon de Goodmayes, cujo hobby é justamente produzir fotos falsificadas. A sua relação é longa e técnica demais para ser incluída aqui, já que ele mergulha na composição, roupa, revelação, densidade, iluminação, pose, textura, chapa, atmosfera, foco e halo das fotos; mas o que importa é que ele chega à conclusão de que, em vista de todos esses testes, as chances são de 80% a favor da autenticidade.

Podemos acrescentar que na exibição das fotos (em proveito das várias entidades teosóficas com as quais o senhor Gardner estava em contato), em alguma ocasião os positivos das chapas foram enormemente ampliados numa tela. Uma vez, em Wakefield, um projetor muito poderoso projetou uma imagem excepcionalmente grande sobre uma tela imensa. O operador, um homem muito inteligente que inicialmente tinha uma atitude cética, ficou completamente convertido à autenticidade das fotos, uma vez que, como ele esclareceu, tamanha ampliação teria revelado o menor vestígio de corte irregular de tesouras ou qualquer detalhe artificial, e seria absurdo supor que uma figura postiça não fosse detectada. As bordas eram todas finas e regulares.

# CAPÍTULO IV

# A segunda série

Quando o senhor Gardner foi para Yorkshire em julho, ele deixou com Elsie uma boa câmera, depois de ficar sabendo que a prima, Frances, iria visitá-la novamente, e que teria então a oportunidade para novas fotos. Uma das dificuldades que tínhamos era a necessidade de as duas meninas associarem suas auras. Esse ajuntamento de auras para produzir um efeito maior do que cada uma poderia conseguir individualmente é bastante comum nas questões psíquicas. Queríamos sublimar ao máximo o poder combinado das duas meninas em agosto. Minhas últimas palavras para o senhor Gardner, portanto, antes de viajar para a Austrália, foram para garantir que não haveria cartas mais esperadas do que aquelas sobre os resultados desse novo empreendimento. No fundo do coração, eu nem esperava por algum sucesso, já que três anos passaram, e

## O advento das fadas

tinha bastante consciência de que os processos da puberdade são frequentemente fatais para os poderes psíquicos.

Fiquei surpreso, portanto, e até encantado, quando recebi a carta do senhor Gardner em Melbourne, informando-me do sucesso completo e entregando três novas ampliações de fotos tiradas no vale encantado. Isso acabou com qualquer dúvida que ainda estivesse pairando na minha cabeça quanto à honestidade, visto que essas imagens, especialmente aquela das fadas no mato, estavam além de qualquer possibilidade de falsificação. Mesmo assim, contudo, tendo uma grande experiência na transferência de imagens na fotografia psíquica e no efeito do pensamento sobre as imagens ectoplásmicas, ainda sinto que haveria uma possível explicação alternativa nesse sentido; nunca subestimei a estranha coincidência de que um evento tão único tenha acontecido numa família na qual algum membro já tinha pendor para os estudos ocultos, e podia ser suspeita de formar imagens com o pensamento num contexto de ocultismo. Tais suposições, embora eu não possa ignorar totalmente, me parecem forçadas e abstrusas.

Eis a carta jubilosa que chegou a mim em Melbourne:

*6 de setembro de 1920*

Meu caro Doyle,
Parabéns! Suas últimas palavras antes de nos separarmos foram que você abriria minha carta com o maior

interesse. Não ficarás desapontado — o maravilhoso aconteceu mesmo!

Recebi mais três negativos de Elsie, tirados poucos dias atrás. Não preciso descrevê-los, já que as três ampliações estão anexadas num envelope separado. A "Fada voando" e "A Casinha das Fadas" são a coisa mais espantosa que qualquer olho moderno tenha visto, sem a menor dúvida! Recebi essas chapas na manhã da última sexta-feira, e estou pensando furiosamente desde então.

Veio junto uma pequena carta, bastante gentil, afirmando o quanto lamentavam (!) não poder mandar mais, mas o tempo estava ruim (terrivelmente frio), e Elsie e Frances puderam visitar o vale somente em duas tardes. (Frances já voltou para Scarborough para o início do ano letivo). Tudo bem simples e direto, esperando que eu tenha a possibilidade de passar mais um dia com elas no final deste mês.

Fui imediatamente para Harrow, e Snelling, sem a menor hesitação, proclamou que as três imagens tinham as mesmíssimas características de autenticidade que as duas anteriores, chegando a afirmar que, de qualquer maneira, o "caramanchão" estaria absolutamente além de qualquer possibilidade de falsificação! A essa questão, poderia acrescentar que fui consultar o pessoal da Illingworth's, e até eles, surpreendentemente, corroboraram esse ponto de vista. (Agora, se ainda não abriu o envelope, por favor, abra e eu seguirei adiante...)

# O advento das fadas

Vou viajar para Yorkshire no dia 23 deste mês, para cumprir uns compromissos de palestras, e vou passar um dia em C., tirar fotos dos lugares, examinando e levando comigo qualquer negativo "estragado" que possa servir como complemento útil. As meninas, aliás, não entenderam simplesmente nada do negativo do caramanchão. Elas viram a fada, parecendo meio dopada, à direita, e sem esperar entrar na foto, Elsie aproximou a câmera da relva alta e clicou...

Eu respondi assim:

*Melbourne,*
*21 de outubro de 1920*

Caro Gardner,

Meu coração ficou feliz de receber aqui na Austrália seu relato e as três maravilhosas ampliações, confirmando os resultados que já publicamos. Nem eu nem você precisávamos de confirmações, mas toda essa forma de pensamento será uma novidade tão grande para o homem comum, tão atarefado, que nunca acompanhou as pesquisas psíquicas, que será preciso repetir várias vezes antes de ele se dar conta de que essa nova ordem de vida ficou estabelecida, e deve ser levada em consideração, da mesma forma que os pigmeus da África Central.

Senti-me culpado de ter deixado o País e ter te deixado só para enfrentar as consequências da explosão. Você já sabia, contudo, que isso seria inevitável. Fico feliz, agora, que você disponha desse escudo completo para te proteger dos ataques, que provavelmente irão bradar pedindo mais imagens, sem saber que essas imagens já existem.

Isso não atinge diretamente a questão mais vital de nosso próprio destino e daqueles que perdemos, que me levou até aqui. Mas qualquer coisa que amplie o horizonte mental do ser humano, e comprove para ele que a matéria assim como a conhecemos não chega a ser o limite do nosso universo, deve ter o efeito positivo de acometer contra o materialismo e levar o pensamento humano para um nível mais amplo e mais espiritual.

Chego a achar que as sábias entidades que estariam levando adiante essa luta do lado oposto, e servindo-se de alguns de nós como simples instrumentos, acabaram recuando diante da estupidez tenebrosa contra a qual Goethe dizia que até os deuses lutam em vão. Essas mesmas entidades teriam aberto uma nova diretiva de progresso, que irá virar pelo avesso a posição que se define "religiosa", e que na verdade é antirreligiosa, que contribuiu para barrar nosso caminho. Não irão destruir os seres mágicos com textos antediluvianos, e uma vez que as fadas sejam reconhecidas, outros fenômenos psíquicos serão aceitos com mais facilidade.

Até breve, caro Gardner, estou orgulhoso de ter permanecido ao seu lado nesse episódio que irá marcar esta época. Em varias sessões nesses últimos tempos, recebe-

## O advento das fadas

mos mensagens contínuas de que um sinal visível estaria chegando — e talvez tivesse sido a isso que estavam se referindo. A raça humana não merece novas provas, já que nem teve a complacência, de forma geral, de examinar o que já existia. Contudo, nossos amigos do outro lado são mais sofridos e mais caritativos do que eu, pois devo confessar que minha alma está cheia de desprezo pela indiferença confusa e a covardia moral que vejo em volta de mim.

*Cordialmente,*
*Arthur Conan Doyle*

Nas cartas seguintes, o senhor Gardner me contava que em setembro, logo depois dessa segunda série de fotos, ele foi para o norte de novo e voltou mais convencido do que nunca da honestidade de toda a família Wright e da autenticidade das fotos. Tiro dessa carta os extratos seguintes:

"Minha visita em Yorkshire foi muito proveitosa. Passei o dia inteiro com a família e tirei fotos dos lugares das novas fotos, muito próximos dos anteriores. Anexo algumas ampliações dessas. Foi ao lado do pequeno lago visível nelas que foi tirada a foto do 'berço' ou casinha. A fada no ar estaria mais pulando que voando. Tinha pulado da vegetação abaixo já cinco ou seis vezes, disse Elsie, e parecia levitar acima da nascente. Foi na quinta vez que repetia o movimento que Elsie tirou a foto. Infelizmente, Frances achou que a fada ia pular na cara dela de forma tão vigorosa que ela jogou a cabeça para trás. O movimento é perceptível na ampliação. A fada que olha para Elsie na outra foto segura um buquê de jacintos mágicos. Achei que aquela tinha bobes no cabelo e estava bem na moda, com uma roupa tão atual! Mas Elsie diz que o cabelo era cacheado naturalmente, sem bobes. Em relação ao 'berço', Elsie me contou que ambas viam a fada à direita e o elfo recatado à esquerda, mas não a casinha. Ou melhor, ela disse que havia somente uma coroa tênue de névoa entre as duas, que não sabiam o que era. Conseguimos agora ampliar essa chapa de forma maravilhosa, e já que temos especialistas prontos para certificar que não pode ser um falso, estamos mais uma vez em terra firme. As exposições, em ambos os casos, foi de 1/50 de segundo, a distância em torno, de um metro, a câmera é a 'Cameo' que eu tinha enviado a Elsie, e as chapas também são aquelas que forneci a ela.

"As cores das roupas e das asas, etc., tenho tudo, mas darei esses detalhes só quando escrever algo mais extenso mais tarde, com tudo o que contei acima mais bem resolvido..."

# O advento das fadas

*27 de novembro de 1920*

"As fotos:

Enquanto estava em Yorkshire em setembro passado para investigar a segunda série, tirei fotos dos lugares, claro, e reconheci completamente o sucesso. As crianças só tiveram duas curtas horas, mais ou menos, de sol claro durante a quinzena toda em que estiveram juntas em agosto. Na quinta-feira tiraram duas e no sábado, uma. Se o tempo estivesse melhor, poderíamos ter conseguido mais resultados. Contudo, talvez seja melhor ir aos poucos — embora eu proponha que retomemos o assunto em maio ou junho. A câmera que mandei foi aquela que foi usada, e as chapas também (as quais tinham sido marcadas pela Illingworth Co., sem que eu pedisse). Os três novos negativos com fotos de seres mágicos são aquelas mesmas, como pode ser certificado pelo gerente. O negativo da Casinha ou Berço foi declarado, como já lhe disse, impossível de falsificar, e posso conseguir afirmações a respeito..."

Num relato posterior, mais completo, o senhor Gardner diz:

"Na quinta-feira, 26 de agosto, à tarde, num dia brilhante e ensolarado, por sorte (já que o tempo frio e ruim, inusitado para aquela estação, não poderia ter sido pior para nosso projeto), foram tiradas várias fotos, e algumas mais no sábado, 28 de agosto. As três reproduzidas aqui são as mais impressionantes da série. Gostaria que todos os leitores pudessem ver as magníficas ampliações tiradas diretamente dos próprios negativos. A delicadeza e a graciosidade da fada voando vai além de qualquer descrição — todas as fadas parecem ser super-Pavlovas[1] em miniatura. A seguinte, de uma fada oferecendo uma flor — um jacinto-de-água etéreo — para Íris, é um modelo de pose digna e suave, mas é para a terceira que prestaria especial atenção. Nunca antes, em lugar nenhum, com certeza, alguém fotografara um ninho de fadas!

"A forma central de casulo etéreo, algo parecendo entre um casulo e uma crisálida aberta, delicadamente suspenso entre as ervas, é a casinha ou berço. Sentada na beira à esquerda com as asas bem abertas, uma fada meio despida parece estar decidindo se é hora de levantar. Outra, mais velha, acordou mais cedo e pode ser vista à direita, com sua rica cabeleira e asas maravilhosas. Podemos espiar seu corpo, levemente mais denso, através de sua roupa encantada. Logo atrás, sempre à direita, está a cabeça bem visível de um elfo, sorrindo maliciosamente, com um boné aderente. À esquerda há outra ninfa, esta bastante pudica, com um par de asas diáfanas; logo acima, muito fora de foco, há outra com as asas e os braços esticados, empoleirada na pon-

---

1. A russa Anna Pavlova foi a maior dançarina clássica de sua época e uma das maiores de todos os tempos, estrela do *Balé Imperial Russo* e dos *Ballets Russes* de Serghiei Diaghilev. (N.T.)

# O advento das fadas

ta das ervas. O resto, meio de perfil, fica apenas esboçado mesmo numa ampliação muito detalhada que tenho. Afinal das contas, essa do ninho é talvez a mais espantosa e interessante das fotos bem sucedidas, embora outros possam preferir a maravilhosa graciosidade da figura voando.

"A relativa falta de precisão dessa foto deve provavelmente ser atribuída à ausência de um elemento humano mais denso. Aliás, a capacidade de nos introduzir dessa forma tão direta na charmosa casinha das fadas é um sucesso inesperado por parte das meninas. Elas viram a fada meio sonolenta à direita, dentro das ervas compridas, e, dessa vez, sem tentar elas mesmas entrar na foto, Íris colocou a câmera bem perto e conseguiu o instantâneo. Foi pura sorte o fato de o ninho estar por perto. Quando ela me mostrou o negativo, Íris a definiu uma imagem estranha, que ela não conseguiu decifrar!"

Aqui estamos, e nada aconteceu desde então que tenha abalado a validade das fotos. Obviamente queríamos muito conseguir mais. Em agosto de 1921 as meninas se juntaram novamente, e colocamos à sua disposição o que havia de melhor em equipamento fotográfico, incluindo uma câmera estereoscópica e uma câmera de cinema. Os decretos do destino, contudo, decidiram de outra forma, e uma combinação de circunstâncias barrou o caminho do sucesso. Na única quinzena na qual Frances podia ficar em Cottingley, não parou de chover, depois de uma longa seca que em Yorkshire terminou no final de julho. Ademais, fora descoberta no Vale das Fadas uma pequena jazida de carvão, e o lugar ficou muito poluído pelo magnetismo humano. Todas coisas que até poderiam ser superadas, mas o maior impedimento foi a mudança nas meninas, uma por causa da idade adulta e a outra por causa da educação do internato.

Houve uma evolução, contudo, que vale a pena anotar. Embora não fossem mais capazes de materializar as imagens a ponto de gravá-las numa chapa, as meninas não perderam todo seu poder de clarividência, e ainda conseguem ver como antigamente os seres mágicos, ainda abundantes no vale. Os céticos naturalmente irão dizer que só temos a palavra delas, mas não é bem assim. O senhor Gardner tem um amigo, que chamarei aqui de senhor Sergeant, que tinha um cargo nos Tank Corps durante a guerra, e é um cavalheiro respeitável sem qualquer intenção de enganar nem menor razão de fazê-lo. Esse senhor tem há muito tempo o dom da clarividência num alto nível, e o senhor Gardner achou que poderia usá-lo para checar as afirmações das meninas. Com muito bom humor, ele sacrificou uma semana de suas exíguas férias — ele trabalha duro — dessa forma insólita. Mas o resultado até que compensou amplamente seu esforço. Tenho na minha frente seu relato, na forma de anotações tomadas enquanto ele assistia de fato aos fenômenos.

# O advento das fadas

O tempo estava ruim, como já foi dito, abrindo só de vez em quando. Sentado com as meninas, ele via o que elas viam, e mais, já que seus poderes mostraram ser muito maiores. Quando ele percebia algum objeto psíquico, ele indicaria a direção e lhes pediria uma descrição, que era sempre acertada dentro dos limites dos poderes delas. O vale todo, segundo sua crônica, pululava de muitas formas de vida elementar, e ele viu não somente elfos dos bosques, gnomos e duendes, mas até as ondinas, que são bem mais raras, flutuando no riacho. Separei um longo extrato das suas anotações sem muito nexo, que formam um capítulo à parte.

## CAPÍTULO V

# Observações de um clarividente no Vale Cottingley, em agosto de 1921

GNOMOS E FADAS. Na campina, vimos figuras do tamanho do gnomo. Elas faziam caretas e contorções grotescas dirigidas ao nosso grupo. Um, especialmente, se deliciava em bater os joelhos um contra o outro. Essas formas apareciam individualmente para Elsie — uma dissolvia e outra aparecia em seu lugar. Eu, por outro lado, as via como um grupo, com uma figura aparecendo mais do que as demais. Elsie também viu um gnomo como aquele da foto, mas não tão luminoso e tão colorido. Eu vi um grupo de figuras femininas brincando, um jogo que parecia o jogo infantil de laranjas e limões. Elas brincavam num círculo; o jogo parecia a quadrilha dos Lancers². Uma fada ficava no meio do círculo mais ou menos sem se mover, enquanto o resto, embelezado com flores e muito colorido, bem mais do que habitualmente, dançava em volta dela. Algumas juntavam as mãos e faziam arcos para as demais, que entravam e saíam num turbilhão frenético. Percebi que a finalidade da brincadeira era formar um vórtice de força que fluía para cima, até um metro e meio do chão. Reparei também que nas partes da campina onde as ervas eram mais altas e densas, parecia haver uma atividade proporcionalmente maior dos seres mágicos.

NINFA D'ÁGUA. No riacho, perto da pedra maior, numa pequena cachoeira, vi um espírito da água. Era uma figura feminina completamente nua, que parecia pentear ou passar os dedos no cabelo louro e comprido. Não saberia dizer se tinha pés ou não. Sua silhueta era de uma brancura rosada ofuscante, e o rosto era muito bonito. Os braços, longos e graciosos, mexiam como ondas. Por vezes parecia estar cantando, embora não houvesse som nenhum. Ela estava numa espécie de gruta, formada pela saliência de uma rocha e musgo. Aparentemente não tinha asas, e se

---

2. Dança praticada no grande baile anual dos Royal Lancers, na qual os casais (geralmente oito) se separam e dão a volta do círculo em direções opostas, passando por todos os outros dançarinos até voltar ao parceiro. (N.T.)

movia com um movimento sinuoso, quase como uma serpente, numa posição semi-horizontal. Ela transmitia um astral e uma sensação bastante diferentes dos das fadas. Não pareceu se dar conta de minha presença e, embora eu esperasse bastante com a câmera na esperança de tirar uma foto, ela não se afastou dos elementos que a cercavam, nos quais estava quase mergulhada.

ELFOS DOS BOSQUES. (Debaixo das velhas faias no bosque em Cottingley, no dia 12 de agosto de 1921). Dois minúsculos elfos passaram correndo perto de nós enquanto sentávamos no tronco de uma árvore caída. Quando nos viram, pararam bruscamente, a mais ou menos um metro e meio de distância, e ficaram olhando, divertindo-se sem medo. Pareciam cobertos de uma única peça de pele aderente, que reluzia como se estivesse molhada. Tinham mãos e pés bem grandes, sem proporção com o corpo. Tinham pernas finas, orelhas grandes e pontiagudas, em forma de pêra. Havia muitas figuras como eles correndo perto do chão. Tinham narizes pontiagudos e bocas largas. Nada de dentes ou qualquer estrutura dentro da boca, nem uma língua, pelo que pude ver. Era como se fossem feitos de um pedaço de gelatina. Em volta deles, da mesma forma que um duplo etéreo rodeia uma forma física, há uma luz esverdeada, que parece um vapor químico. Quando Frances levantou e chegou perto deles, eles recuaram, alarmados, para uns dois metros de distância, onde ficaram nos encarando e parecendo trocar impressões. Aqueles dois vivem nas raízes de uma faia imensa — eles desapareceram numa fenda na qual entraram (como nós entraríamos numa caverna), mergulhando no subsolo.

FADA D'ÁGUA. (14 de agosto de 1921) Perto de uma pequena cachoeira, que borrifava vapor em volta, estava pousada nas gotas uma minúscula forma mágica, extremamente tênue. A parte de cima do corpo e a aura eram vileta pálido, enquanto a parte de baixo era rosa pálido. Essa coloração parecia penetrar na aura e no corpo mais denso, com a borda do corpo se fundindo com a aura. Essa criatura ficou pousada, com o corpo graciosamente curvado para trás, com o braço esquerdo erguido sobre a cabeça como sustentado pela força vital do vapor, da mesma forma que uma gaivota parece apoiar-se no vento. Era como se mantivesse as costas curvadas para resistir ao fluxo da água. Tinha forma humana, mas não mostrava qualquer característica sexual. Ficou sem se mover naquela posição durante um tempo, depois sumiu de repente. Não vi qualquer tipo de asa.

FADA, ELFOS, GNOMOS, E DUENDE. (Domingo, 14 de agosto, nove da noite. Na campina). Noite de lua cheia, imóvel e deliciosa. A campina fica cheia de espíritos nativos de vários tipos — um duende, fadas, elfos e gnomos.

## Arthur Conan Doyle

UM DUENDE. É maior do que o normal, digamos uns vinte centímetros, vestido todo de marrom com forro mais escuro, uma bolsa, um gorro quase cônico, culotes chegando ao joelho, meias, tornozelos finos, e longos pés pontudos — como os pés dos gnomos. Ele fica em pé nos encarando, sem nenhum medo, perfeitamente amigável e interessado; ele nos espreita de olhos grandes abertos, com uma curiosa expressão como se tomasse consciência de algo, como se tentasse abarcar algo além de seu alcance mental. Ele virou para olhar atrás dele um grupo de fadas se aproximando, e se desloca para o lado como para abrir passagem. Sua atitude mental é meio onírica, como a de uma criança que diz: "Posso ficar olhando isso tudo durante o dia todo sem me cansar". Ele vê claramente boa parte de nossas auras e fica muito sensibilizado por nossas emanações.

FADAS. Frances vê minúsculas fadas dançando em círculo, cujas figuras expandem gradativamente até chegar a um meio metro, com o círculo ampliando-se proporcionalmente. Elsie vê um círculo vertical de fadas dançando e rodando lentamente; quando cada uma tocava o chão, executava alguns passos rápidos de dança e depois retomava seu movimento lento no círculo. As fadas que dançam têm saias compridas, que deixam ver suas pernas; do ponto de vista astral, o círculo está banhado numa luz amarelo-dourada, com as bordas externas de várias tintas, com o violeta predominando. O movimento das fadas lembra aquele da grande roda da Earl's Court[3]. As fadas flutuam muito lentamente, sem mexer os corpos e os membros, até chegar ao chão novamente.

Uma música tilintante acompanha tudo isso. Dá mais a impressão de uma cerimônia do que de uma brincadeira. Frances vê duas figuras mágicas atuando como num palco, uma com asas e uma sem. Seus corpos brilham com o efeito do reflexo do sol nas ondulações da água. A fada sem asas inclinou-se para trás como um contorcionista até a cabeça tocar o chão, enquanto a figura com asas dobra-se para cima dela. Frances enxerga uma pequena figura como aquelas do *Punch*, com um boné como aqueles do País de Gales, executando uma espécie de dança em que bate os talões no chão e ao mesmo tempo levanta o chapéu e se curva. Elsie vê uma fada floral, da forma de um cravo, a cabeça aparecendo onde o caule se junta à flor, e as sépalas verdes formam uma túnica da qual emergem os braços, enquanto as pétalas formam uma saia cobrindo pernas muito finas. Ela anda aos tropeções na grama. Sua cor é do cor-de-rosa dos cravos, mas pálida e difusa. (Escrito à luz da lua). Vejo casais de uns 30 cm de altura, mulher e homem, dançando com movimentos de valsa lenta no meio da campina. Às vezes parecem se revezar. Estão vestidos de material etérico,

---

3. Roda de 94 metros de altura, construída para a grande exposição do Império das Índias em Londres em 1894 e demolida em 1907, depois de mostrar uma paisagem única da cidade, na época, para mais de dois milhões de pessoas. (N.T.)

parecendo fantasmas. Seus corpos são perfilados de luz cinza e mostram poucos detalhes.

Elsie vê um pequeno elfo que parece um macaco, dando voltas em torno da haste de onde fica pendurado. Tem cara de diabinho e nos olha como se estivesse se exibindo para nós.

Enquanto isso, o duende assumiu as incumbências da exibição. Vejo a uns sete metros adiante o que poderia ser descrito como uma fonte mágica. É provocada por uma erupção de força mágica do solo — e se espalha como um rabo de peixe bem alta no ar — com muitas cores. Frances também a viu.

(Segunda-feira, 15 de agosto. Na campina) Vi três figuras precipitando-se para o bosque — as mesmas figuras vistas anteriormente no bosque. Quando chegaram a uns metros do muro, pularam acima e desapareceram no bosque. Elsie vê no centro da campina uma figura mágica muito bonita, que lembra a imagem de Mercúrio sem as sandálias com asas, mas com asas de fada. Nua, cabelo claro encaracolado, está ajoelhada numa moita de ervas escuras, com a atenção fixada para algo no chão. Muda de posição; primeiro está sentada nos calcanhares, depois ergue-se de joelhos. Muito maior do que habitualmente, talvez meio metro. Agita o braço acima de algo no chão. Recolhe algo do chão (acho que é um bebê) e o segura contra o peito, parecendo rezar. Tem traços gregos e lembra uma estátua grega — como o personagem de uma tragédia grega.

## O advento das fadas

(Terça-feira, 16 de agosto, 10 da manhã. Na campina). Escrito na luz de uma pequena lâmpada fotográfica.

FADAS. Elsie vê um círculo de fadas se deslocando, de mãos juntas, com os rostos virados para fora. Quando uma figura aparece no centro do círculo, as fadas viram para dentro.

DUENDES. Um grupo de duendes corre na nossa direção vindos do bosque até uns três metros de nós. Eles são um pouco diferentes dos elfos dos bosques, parecem mais gnomos, embora sejam menores, do tamanho de pequenos *brownies*[4].

FADAS. Elsie vê uma bela fada bem perto; está nua, com o cabelo dourado, e está ajoelhada na grama, sorrindo para nós. O rosto é muito bonito, e concentra o olhar acima de mim. Essa figura chegou a ficar a menos de um metro de nós, e depois de ser descrita, desvaneceu.

ELFO. Elsie vê uma espécie de elfo que parece se mover tão rapidamente que o cabelo fica para trás; dá para sentir o vento soprar em volta dele; mesmo estando imóvel, ele passa a impressão de estar apressado e muito atarefado.

---

4. Deixei aqui a palavra inglesa, porque no idioma português e na nossa cultura não existe, como na cultura celta, uma distinção clara entre *goblin* e *brownie*, dois tipos de duendes. Para as categorias de seres mágicos, ver o Prefácio. (N.T.)

DUENDES. Elsie vê um bando de anões voando, com aparência de diabretes, descendo obliquamente para a grama. Eles formam duas filas se cruzando enquanto descem. Uma fileira desce verticalmente, as cabeças contra os pés, a outra cruza a primeira fileira ombro contra ombro. Quando chegam ao chão, correm cada um para uma direção diferente, muito sérios, como se estivessem dedicados a alguma ocupação importante. A principal ocupação dos elfos do bosque, por sua parte, parece ser cruzar correndo a campina, sem que transpareça em sua velocidade ou presença qualquer tipo de finalidade. São poucos aqueles que passam perto de nós sem parar bruscamente e nos encarar. Os elfos parecem os mais curiosos dentre os seres mágicos. Frances vê três deles e os chama de *goblins*[5].

FADA. Uma fada azul. Uma fada com asas e com geral azul marinho e rosa pálido. As asas mostram um entrelaçamento como uma teia de aranha e estão marcadas em várias cores, como as de uma borboleta. A figura tem formas perfeitas e está praticamente nua. Uma estrela dourada brilha no cabelo. Essa fada é um maestro, embora não esteja com qualquer orquestra no momento.

ORQUESTRA MÁGICA. De repente, apareceu na campina uma maestro mágico com uma orquestra de seres mági-

---

5. Ver nota anterior. (N.T.)

cos. Sua chegada provocou um brilho intenso na campina, visível para nós mesmo a uns 50 metros de distância. Ela é muito autocrática e peremptória em suas ordens, e sua autoridade é indiscutível. Eles se juntam no centro, fundindo-se na aura dela, e há um fluxo constante indo e voltando entre eles e ela. Isso produz uma forma que se parece com uma taça de cabeça para baixo, com a fada central como caule, e as linhas de luz que fluem em curvas regulares e graciosas formando os lados da taça. Tudo isso numa atividade frenética, como se tivessem muito para fazer e pouco tempo para fazê-lo. A maestrina é animada e instruída de dentro de si, e sua consciência parece baseada num plano mais sutil do que aquele no qual ela está trabalhando.

FADA. Elsie vê uma fada alta e majestosa cruzar a campina com um buquê de jacintos-de-água. Ela carrega nos braços algo que poderia ser um bebê fada, envolto numa substância diáfana. Deita aquilo no meio dos jacintos e se ajoelha como para acariciar algo, e depois de um tempo esvaece. Temos a percepção de criaturas de quatro patas cavalgadas por figuras delgadas com asas, dobradas sobre suas montadas como jóqueis. Elas montam animais desconhecidos, com cabeças que parecem larvas.

No meio dessa atividade mágica toda espalhada pela campina, de vez em quando vislumbramos uma forma como de duende cruzando o prado com um porte bem sério, enquanto os elfos do bosque e outros seres mágicos correm zonzando entre os outros seres mágicos, ocupados com coisas mais sérias. Nós três ficamos vendo criaturas esquisitas de essência elementar.

Elsie vê umas doze fadas vindo na nossa direção voando em forma de meia-lua. Enquanto se aproximavam, ela comentou extasiada sua perfeita beleza de formas — naquele mesmo momento, elas se tornaram feias como o pecado, como para desdizer suas palavras. Elas zombaram dela com caretas obscenas e sumiram. A respeito desse episódio, podemos supor que entramos em contato com o antagonismo e o desgosto que tantas criaturas mágicas sentem em relação aos humanos nesta fase da evolução.

Frances viu sete minúsculas fadas bem perto — pequenas figuras estranhas —, deitadas de bruços.

(No Vale, dia 18, duas da tarde) Frances vê uma fada do seu mesmo tamanho, com meia-calça e uma roupa recortada à altura do quadril, bem apertada e cor de carne, com asas bem grandes que ela estende por cima da cabeça; em seguida, ela levanta os braços acima da cabeça e os agita ondulando graciosamente no ar. Seu lindo rosto parece convidar Frances para a Terra das Fadas. Seu cabelo parece cacheado com bobes e suas asas são transparentes.

FADA DOURADA. Uma especialmente bonita tem o corpo envolto numa radiância de luz iridescente e dourada. Ela tem grandes asas, cada uma delas dividida na parte superior e inferior. A parte inferior, menor do que a superior, é alongada como as asas de certas borboletas. Ela também está mexendo os braços e tremulando as asas. Só posso descrevê-la como uma maravilha dourada. Ela sorri, é claro que ela nos vê. Ela coloca o dedo sobre os lábios. Fica olhando para nós com o semblante sorridente, por entre as folhas e os galhos do salgueiro. Não é objetivamente visível no plano físico. Ela aponta sua mão direita, traçando um círculo em volta de seus pés, e eu enxergo talvez seis ou sete querubins (rostos com asas), criados e mantidos em forma por alguma vontade invisível. Ela me enfeitiçou, subjugando completamente meus princípios mentais — e me deixou olhando feito louco as folhas e as flores.

Uma criatura parecendo um elfo sobe correndo o galho inclinado do salgueiro, desde o chão onde está a fada. Não é um hóspede agradável — eu diria mesmo que é claramente de classe baixa.

# CAPÍTULO VI

# Provas independentes a favor das fadas

Por uma coincidência curiosa, se é que é coincidência, no momento em que as provas da existência real das fadas chegaram à minha atenção, acabava de escrever um artigo sobre o assunto, no qual eu dava detalhes sobre vários casos nos quais aquelas criaturas aparentemente foram vistas, e afirmava as razões para acreditar que essas formas de vida existem. Vou reproduzir essa matéria e acrescentar outro capítulo com novas provas que chegaram a mim depois da publicação das fotos na *Strand Magazine*.

Estamos acostumados à ideia de que criaturas anfíbias possam viver sem serem vistas e conhecidas nas profundezas das águas, e um dia serem vistas tomando sol num banco de areia, do qual elas voltam a sumir mais uma vez no invisível. Se aparições como essas forem raras, e se alguns as vissem mais claramente do que outros, então teríamos aí uma bela controvérsia, com os céticos dizendo, com toda razão, "Pela experiência que temos, somente as criaturas terrestres vivem na terra, e nos recusamos a acreditar em coisas que entram e saem da água; se você puder demonstrar que existem, nós começaremos a considerar a questão". Diante de uma oposição tão razoável, os outros só poderiam resmungar que eles as viram com seus próprios olhos, mas não teriam condições de mandar em seus movimentos. Os céticos empatariam o jogo.

Algo similar pode existir nas nossas classificações psíquicas. Podemos imaginar que há uma linha divisória, como a beira d'água, uma linha que dependeria do que chamamos vagamente de frequência maior de vibrações. Se tomarmos a teoria das vibrações como hipótese de trabalho, podemos conceber que, subindo ou baixando a frequência, as criaturas poderiam cruzar essa linha de visibilidade material, da mesma forma que uma tartaruga se desloca entre a terra e a água, voltando ao refúgio da invisibilidade da mesma forma que o réptil mergulha de volta para a ressaca. Tudo isso, é claro, é só suposição, mas qualquer suposição inteligente baseada nas evidências disponíveis constitui o pioneirismo na ciência, e poderia ser que a solução definitiva fosse encontrada nessa direção.

## Arthur Conan Doyle

Estou me referindo, agora, não ao retorno ao espírito, já que setenta anos de observações nos deram algumas leis certas e definidas, mas àqueles fenômenos mágicos e fantasmáticos que foram aceitos em todas as épocas, e ainda até nessa época tão materialista às vezes irrompem em certas vidas da forma mais inesperada.

A ciência vitoriana gostaria de ter deixado o mundo limpo, duro e nu como uma paisagem lunar; mas aquela ciência, na verdade, não é mais do que uma pequena luz na escuridão, e fora desse pequeno círculo de conhecimento limitado podemos entrever a silhueta indistinta e as sombras das imensas e fantásticas possibilidades que nos cercam, projetando-se continuamente através da nossa consciência de um modo difícil de ignorá-las.

Há muitas evidências curiosas, de valor variável, a respeito dessas formas marginais, indo e vindo no real ou na imaginação — nessa última mais frequentemente, sem dúvida. Contudo, ainda sobra algum resíduo que deveria chamar atenção para acontecimentos ocasionais. Para não me dispersar, prefiro restringir esse ensaio aos seres mágicos e, sem deter-me na tradição de milênios, tão universal e consistente, limitar-me a alguns exemplos modernos que nos fazem perceber que este mundo é muito mais complexo do que imaginávamos; e que poderia haver na superfície da Terra alguns vizinhos bastante estranhos que abririam caminhos inconcebíveis para a ciência da nossa posteridade, especialmente se fosse facilitado para eles, por benevolência, compaixão ou qualquer outra coisa, emergir das profundezas e manifestar-se naquela linha de margem.

Ponderando sobre o grande número de casos que tenho na minha frente, há dois aspectos comuns a quase todos eles. Um é que as crianças afirmam ver essas criaturas muito mais frequentemente que os adultos. Isso pode resultar de uma maior sensibilidade de assimilação, ou no fato de que as crianças suscitam nas pequenas entidades menos medo de ser molestadas. O outro ponto é que a maioria dos casos foi registrada nas horas imóveis, ofuscantes, de dias muito quentes. "A ação do sol sobre o cérebro", diria o cético. É possível — ou talvez não seja bem isso. Se a questão for levantar as vibrações mais lentas do ambiente em volta, podemos imaginar que o calor parado e silencioso seria a condição ideal para favorecer essa mudança. O que é a miragem do deserto? O que é aquela cena de morros e lagos que a caravana toda pode ver numa direção onde por milhares de milhas só há deserto, sem lagos nem morros, e tampouco qualquer nuvem ou neblina para produzir aquela refração? Posso fazer a pergunta, mas não me atrevo a tentar uma resposta. É claramente um fenômeno que não deve ser confundido com a imagem ereta ou invertida que pode ser vista numa terra com nuvens e umidade.

Se pudermos ganhar a confiança das crianças e conseguir que falem sem embaraço, será surpreendente descobrir quantos afirmam ter visto seres mágicos. Minha família mais nova consiste em dois meninos e uma menina mais nova, crianças muito verdadeiras, cada um contando em detalhes cada circunstância da aparição de alguma criatura. Para todos eles aconteceu uma única vez, e em todos os casos foi uma pequena figura isolada, duas vezes no jardim e uma no quarto das crianças. Quando perguntei para os amigos, ficou claro que vários filhos deles tiveram a mesma experiência, mas se trancam imediatamente quando enfrentam incredulidade ou sarcasmo. Às vezes, as formas são bem diferentes daquelas que eles poderiam ter encontrado nos livros de imagens. "As fadas são como as sementes, as nozes e o musgo", diz uma criança no delicioso ensaio sobre a vida familiar de Lady Glenconner. Meus próprios filhos não concordam sobre a estatura das criaturas, que pode claramente variar, mas na roupa eles seguem a ideia convencional, que poderia bem ser a verdadeira.

Há muitas pessoas que guardam lembranças das experiências desse tipo de sua infância e juventude, e tentam depois explicá-las com argumentos materiais que não parecem nem adequados nem razoáveis. Num livro excelente sobre folclore, o reverendo S. Baring-Gould nos descreve uma experiência pessoal que ilustra vários pontos que já citamos. "No ano de 1838," ele diz, "quando eu era uma criança de quatro anos de idade, estávamos indo de carroça para Montpellier num dia muito quente de verão, numa longa estrada reta que cruzava uma planície de seixos e pedregulhos, na qual nada crescia a não ser umas poucas

Uma vista do riacho em 1921.

As duas meninas perto do ponto onde foi fotografada, em 1920, a fada pulando.

ervas aromáticas. Eu estava sentado no assento do cocheiro com meu pai quando, para minha grande surpresa, vi legiões de anões altos a mais ou menos meio metro correndo ao lado dos cavalos; alguns ficaram sentados e rindo no pau entre os cavalos, enquanto outros engalfinhavam os arreios para subir no lombo dos cavalos. Contei para meu pai o que estava vendo; ele parou repentinamente a carruagem e me mandou ficar com minha mãe dentro da cabine fechada, onde não entrava a luz do sol. O resultado foi que, aos poucos, a tropa de seres mágicos foi se reduzindo até sumir completamente".

Nesse caso, os defensores da insolação teriam um caso típico, ainda que nada definitivo. O exemplo seguinte de Baring-Gould é ainda mais forte.

"Quando minha esposa tinha uns quinze anos," ele conta, "ela estava andando numa trilha em Yorkshire entre umas cercas de plantas verdes, quando viu sentado na cerca de alfena um homenzinho verde, muito bem formado, que a olhava com seus olhos pretos que pareciam contas. Ele tinha uns trinta centímetros de altura. Ela ficou tão assustada que correu para casa. Ela lembra que era um dia de verão".

Uma menina de quinze anos já pode ser considerada uma testemunha confiável, e sua fuga e os detalhes nítidos de sua lembrança revelam uma experiência real. Mais uma vez temos a sugestão de um dia muito quente.

Baring-Gould propõe mais um terceiro caso. "Um dia um filho meu," ele diz, "foi despachado para o jardim para colher vagens de ervilhas para o jantar. De repente, ele se precipitou para dentro de casa, branco como gesso, contando que enquanto colhia vagens no meio das fileiras de ervilhas, viu um homenzinho de boné vermelho, com uma jaqueta verde, e culotes marrons chegando ao joelho, com o rosto de velho, de barca cinzenta e olhos pretos e duros como jabuticabas[6]. Ele encarou o menino de forma tão absorta que este se mandou sem mais nem menos para casa."

Aqui, mais uma vez, as ervilhas mostram que era o verão, e provavelmente nas horas mais quentes do dia. Uma vez mais o detalhe é muito preciso e corresponde totalmente, como vou mostrar presentemente, a alguns relatos independentes. O senhor Baring-Gould tende a atribuir tudo ao calor, que lhe faz evocar os personagens familiares dos contos de fadas, mas vamos acrescentar alguns elementos que levarão o leitor a duvidar dessa explicação.

Vamos comparar essas histórias com o testemunho muito direto de Violet Tweedale, cuja coragem em tornar público o resultado de suas notáveis faculdades psíquicas deveria ser reconhecido por todos aqueles que estudam o assunto. Nossos descendentes terão dificuldade de entender o quão árduo é hoje em dia conseguir testemunhos de primeira mão com o nome junto, quando

---

6. Como bagas de abrunheiro (*sloe*), no original, o que não diz muita coisa para o leitor brasileiro. (N.T.)

## O advento das fadas

finalmente terão superado a fase em que qualquer observador, por honorável e moderado que seja, é taxado de "mentiroso", "charlatão" e "pateta" por pessoas que pouco ou nada sabem sobre o assunto. A senhora Tweedale diz:

"Tive uma pequena, maravilhosa experiência uns cinco anos atrás, que comprovou para mim a existência dos seres mágicos. Numa tarde de verão estava andando sozinha pela avenida Lupton House em Devonshire. Era um dia completamente parado — não havia uma folha mexendo, e a Natureza toda parecia adormecida no calor do sol. Uns metros na minha frente, meus olhos foram atraídos pelos movimentos violentos de uma única folha de íris, aguçada como uma lâmina. A folha sacudia e se dobrava energicamente, enquanto o resto da planta ficava imóvel. Achando que ia ver um ratinho ou um esquilo, cheguei com cuidado bem perto. Fiquei encantada em ver um minúsculo homenzinho verde de uns doze centímetros, balançando para frente e para trás. Seus minúsculos pezinhos verdes, em botas verdes, estavam cruzados em cima da folha, e suas mãos, levantadas atrás da cabeça, seguravam a folha. Tive uma visão de uma carinha feliz e de algo vermelho como boné. Durante um minuto inteiro ele ficou em vista, balançando na folha. Depois desapareceu. Desde então, vi várias vezes uma única folha mexendo muito enquanto o resto da planta ficava imóvel, mas nunca mais fui capaz de ver a causa do movimento."

Nesse caso, a roupa do ser, verde com o boné vermelho, é exatamente a mesma da descrição independente do filho de Baring-Gould, e temos de novo os elementos do calor e da imobilidade. Pode se objetar, corretamente, que muitos artistas retrataram os seres mágicos com essa roupa, e que dessa forma as cores podem ter ficado impressas na mente de ambos. No caso do íris balançando, contudo, temos algo objetivo, que não pode ser descartado como alucinação cerebral, e o episódio todo me parece um elemento de prova impressionante.

Uma senhora com a qual mantive uma correspondência, a senhora H., engajada em obras de responsabilidade social, viveu uma experiência que se parece bastante com aquela da senhora Tweedale. "A única vez que vi um ser mágico," diz ela, "foi num grande bosque em West Sussex, uns nove anos atrás. Era uma pequena criatura de aproximadamente trinta centímetros, vestida de folhas. A coisa mais impressionante do rosto era que nos olhos não transparecia alma nenhuma. Estava brincando nas ervas altas floridas num espaço aberto." O que sugere mais uma vez o verão. O tamanho e a cor da criatura correspondem ao relato da senhora Tweedale, enquanto a falta de alma nos olhos lembra a "dureza" do olhar descrito pelo jovem Baring-Gould.

O senhor Turvey, de Bournemouth, que já morreu, era um dos mais dotados clarividentes da Inglaterra, e seu livro, *The Beginning of Seership* [*O começo da vidência*], deveria estar nas estantes de qualquer estudioso. O senhor

# O advento das fadas

Lonsdale, de Bournemouth, é também um sensitivo muito conhecido. Ele me repassou o episódio seguinte, ao qual assistiu uns anos atrás, em companhia do senhor Turvey.

"Estávamos sentados," diz Lonsdale, "em seu jardim em Branksome Park. Estávamos numa cabana com a parte da frente aberta para o gramado. Ficamos quietos durante um bom tempo, sem falar nem nos mover, como fazíamos com frequência. De repente, tornei-me consciente de um movimento na beira do gramado, que desse lado subia para um arvoredo de pinheiros. Olhando melhor, vi várias pequenas figuras vestidas de marrom, fitando através dos arbustos. Ficaram quietos por um tempo, e depois sumiram. Poucos segundos depois, uma dúzia ou mais de pequenos seres, de pouco mais de meio metro, com roupa brilhante e rostos radiantes, correram para o gramado, dançando para cá e para lá. Olhei de lado para Turvey para ver se ele via alguma coisa, e cochichei, 'Está vendo?'. Ele assentiu com a cabeça. Os seres ficaram brincando, aproximando-se aos poucos da cabana. Um jovenzinho, mais corajoso que os outros, chegou mais perto de um aro de *croquet* próximo à cabana e, usando o aro como barra horizontal, ficou dando giros, e nós rimos. Alguns outros olhavam, enquanto os demais dançavam, não uma dança definida, mas aparentemente se movendo de pura alegria. Isso seguiu por mais quatro ou cinco minutos, quando de repente, evidentemente atendendo a algum sinal ou alarme daqueles vestidos de marrom que vigiavam na beira do gramado, correram todos para o bosque. Bem naquele momento apareceu uma criada, vindo da casa, para servir o chá. Nunca o chá fora tão mal recebido, já que sua aparição havia provocado o desaparecimento de nossos pequenos visitantes." O senhor Lonsdale acrescenta, "eu vi seres mágicos várias vezes em New Forest, mas nunca tão de perto". Aqui também tudo acontece no calor de um dia de verão, e a divisão dos seres em dois tipos diferentes fica muito clara pela descrição geral.

Sabendo que o senhor Lonsdale é uma pessoa responsável, equilibrada e honrada, me parece muito difícil descartar um testemunho como esse. Nesse caso, pelo menos, a hipótese da insolação pode ser descartada, já que os dois homens estavam sentados na sombra da cabana, cada um confirmando as observações do outro. Por outro lado, ambos, assim como a senhora Tweedale, tinham um desenvolvimento psíquico acima do normal, de forma que é muito provável que a criada, por exemplo, não teria percebido nada, mesmo que tivesse chegado antes na cena.

Conheço um cavalheiro que faz parte daquelas profissões eminentes cuja carreira, vamos dizer, de cirurgião, não tiraria nenhum proveito se este artigo o ligasse de alguma forma às tradições mágicas. Na verdade, apesar de sua vocação solene e de seu caráter prático e viril, parece dotado dessa faculdade — vamos chamá-la de apreciação das vibrações mais elevadas — que abre para quem é beneficiado uma porta tão maravilhosa. Ele afirma, ou melhor, admite que esse poder de percepção surgiu já na infância, e o que ele estranha não é o que ele próprio enxerga, mas o fato de que os outros não o percebam também. Para mostrar que não se trata de algo subjetivo, ele conta que numa ocasião, enquanto cruzava um campo, ele viu uma pequena criatura que acenou ansiosamente para que ele a seguisse. Ele foi atrás, e viu seu guia apontar para o chão se fazendo de importante. Ali, entre os sulcos, estava uma ponta de flecha de sílex, que ele levou para casa como lembrança da aventura.

Outro amigo meu que afirma ter o poder de ver seres mágicos é o senhor Tom Tyrrell, o famoso médium, cuja clarividência e dons psíquicos em geral são do mais alto nível. Não posso esquecer que uma tarde, num hotel em Yorkshire, estourou de repente uma salva de estampidos, como quando estalamos o polegar e os dedos, em volta da cabeça dele, e ele, com uma xícara de café numa das mãos, abanava vigorosamente com a outra para afugentar seus visitantes inoportunos. Respondendo à minha pergunta sobre seres mágicos, ele disse, "sim, de fato vejo esses seres, elfos ou fadas. Já vi uma porção de vezes. Mas só nos bosques, e quando estou em jejum. Para mim eles são uma presença muito real. O que são? Não poderia dizer. Nunca consigo chegar a menos de quatro ou cinco metros dos coitados. Eles têm medo de mim, e disparam para acima das árvores como esquilos. Me arriscaria a dizer que se eu fosse para os bosques com mais frequência, eles ficariam mais confiantes. São absolutamente como humanos, só que muito pequenos, uns trinta ou cinquenta centímetros. Reparei que são de cor marrom, com cabeças bastante grandes e orelhas erguidas, desproporcionadas em relação ao corpo, e pernas arqueadas. Estou falando do que vi. Nunca encontrei qualquer outro clarividente que os tenha visto, embora tenha lido que muitos os veem. Provavelmente eles têm algo a ver com os processos da Natureza. Os machos têm cabelo bem curto, enquanto as fêmeas têm cabelo longo e liso."

A ideia de que essas pequenas criaturas tenham um papel consciente em aperfeiçoar os projetos da Natureza — algo como as abelhas carregando o pólen, imagino — é retomada pelo doutor Vanstone, um erudito que combina um grande conhecimento teórico com uma grande experiência prática, embora o desenvolvimento desmedido do intelecto seja frequentemente, apesar do exemplo de Swedenborg[7], um estorvo para a percepção psíquica. Isso mostraria, se fosse verdade, que teríamos de voltar para a concepção clássica de presenças na natureza como faunos, náiades e espíritos das árvores e dos bosques. O doutor Vanstone, cujas experiências oscilam na divisa entre o que é objetivo e o que pode ser percebido sem ser visto de fato, escreveu para mim: "Estou nitidamente consciente da existência de seres inteligentes de dimensões reduzidas, ligados à evolução das forças das plantas, especialmente em certos lugares; por exemplo, em Ecclesbourne Glen. A vida em charcos e pântanos é aquela que mais me dá a percepção

---

7. Emanuel Swedenborg (1688-1772), cientista, filósofo, teólogo e místico sueco, que na época do Iluminismo tentou criar uma doutrina para reformar o Cristianismo. Influenciou, entre outros, Honoré de Balzac (que escreveu *Séraphita*, um conto que ilustra de maneira metafórica as teorias místicas de Swedenborg), August Strindberg e Carl Gustav Jung. (N.T.)

## O advento das fadas

e a noção da vida encantada, muito mais do que o mundo das flores. Pode até ser que eu esteja enfeitando minha consciência subjetiva com fantasias objetivas sem ligação com a realidade, mas para mim eles são seres animados inteligentes, capazes de se comunicar conosco de maneira mais ou menos compreensível. Tendo a acreditar que esses seres elementais estejam empregados, como operários numa fábrica, em facilitar a aplicação das leis da Natureza".

Outro cavalheiro que sustenta ter esse dom maravilhoso é o senhor Tom Charman, que ergueu para si um refúgio em New Forest e caça seres mágicos como um entomologista caçaria borboletas. Em resposta às minhas perguntas, ele me conta que o poder de visão veio na infância, mas o deixou durante vários anos, variando em proporção com sua proximidade à Natureza. Segundo ele, as criaturas têm vários tamanhos, de poucos centímetros até um metro. Há machos, fêmeas e crianças. Ele não os ouviu emitir sons, mas acredita que eles tenham essa capacidade, mas seriam sons de uma frequência mais alta da que podemos ouvir. Eles são visíveis à noite assim como de dia, e exibem pequenas luzes do mesmo tamanho que as dos vaga-lumes. Eles se vestem de várias maneiras. Assim assevera o testemunho do senhor Charman.

Para nós que respondemos unicamente às vibrações mais materiais, é fácil proclamar que todos esses videntes iludem a si mesmos, ou são vítimas de algum desvio mental. É difícil para eles se defenderem de acusações desse tipo. Poderia-se rebater, contudo, que esses testemunhos, além de bastante numerosos, procedem de pessoas muito coerentes e práticas, e bem-sucedidas em suas carreiras. Um é um escritor respeitado, outro uma autoridade na oftalmologia, o terceiro um profissional de sucesso, o quarto uma senhora engajada em causas sociais, e assim por diante. Descartar os testemunhos dessas pessoas pelo simples fato de que não correspondem às nossas próprias experiências é um ato de arrogância mental que ninguém, com um mínimo de sabedoria, deveria cometer.

É interessante comparar esses relatos das primeiras impressões que todas essas testemunhas tiveram. Já ressaltei que as vibrações mais altas associadas à luz e calor do sol, aquelas que até parece que conseguimos ver no brilho do meio-dia, estão associadas a vários desses episódios. Fora isso, temos de admitir que as evidências, no conjunto, são bastante irregulares. As criaturas descritas variam de dez centímetros a um metro. Um defensor dos seres mágicos poderia rebater que, já que segundo a tradição eles procriam da mesma forma que os humanos, os vemos em cada estágio do crescimento, o que explicaria os diferentes tamanhos.

Parece-me, contudo, que seria mais sensato alegar que sempre houve várias raças de seres mágicos, e que os indivíduos dessas raças podem muito bem ser muito diferentes uns dos outros, dependendo dos lugares onde moram; de modo que um observador como o senhor Tyrrell, por exemplo, pode sempre ter visto elfos, que em nada se parecem com gnomos ou duendes. As criaturas simiescas vestidas de marrom do meu amigo profissional, que tinham mais de meio

# O advento das fadas

metro de altura, se parecem bastante com as criaturas que Baring-Gould, quando pequeno, viu subindo nos cavalos. Em ambos os casos, esses seres maiores foram observados em lugares planos ou em planícies; enquanto o tipo de pequeno velhinho é completamente diferente do pequeno elfo feminino tão amado por Shakespeare. Na experiência do senhor Turvey e do senhor Lonsdale, eles viram dois tipos diferentes ocupados em tarefas diferentes, os elfos muito coloridos dançando e as sentinelas marrons que os protegiam.

Sustentar que os círculos mágicos que se encontram frequentemente nas campinas e nos pântanos são originados pelas pegadas dos seres mágicos é algo realmente sem fundamento, já que são formados por fungos como os *Agaricus gambosus* e os *Marasmius oreades*, que crescem a partir de um centro, e se espalham deixando para trás o solo exausto e expandindo-se para onde tiver sustento. Eles formam assim círculos completos, pequenos no começo e depois chegando a diâmetros de até quatro metros. Esses círculos surgem também nos bosques, pela mesma causa, mas são ocultados pelas folhas apodrecidas das quais eles vivem. Agora, se com certeza os seres mágicos não produzem os círculos, podemos afirmar que aquelas formas oferecem uma pista de dança encantadora para as rodas. E de fato, desde sempre, esses círculos foram associados às brincadeiras do pequeno povo.

Depois desses exemplos modernos, temos vontade de ler com mais respeito os relatos dos nossos antepassados sobre essas criaturas; pois embora em parte fantasiosos, eles poderiam encerrar um fundo de verdade. Digo "nossos antepassados", mas para dizer a verdade os pastores dos rebanhos da região de South Downs ainda hoje atiram uma parte de seu pão e queijo por cima dos ombros na hora do almoço para o proveito do pequeno povo. Em todo o Reino Unido, e especialmente no País de Gales e na Irlanda, os povos mais próximos da Natureza ainda acreditam muito nessas coisas. Para começar, eles acham que os seres mágicos vivem dentro da terra. Isto parece bastante natural, visto que o desaparecimento súbito de um corpo sólido só pode ser entendido dessa forma. No conjunto, suas descrições nada tinham de grotesco, e combinam bastante com os exemplos acima. "Eles eram de baixa estatura," diz uma autoridade no assunto em Gales, citada no livro de ficção da senhora Lewes *Stranger than Fiction* [Mais estranho que a fantasia], "meio metro de altura, e seus cavalos têm o tamanho de lebres. Suas roupas são geralmente brancas, mas em algumas ocasiões foram vistos vestidos de verde. Eles andam de forma enérgica, e seus olhares são ardentes e amorosos... Entre eles são pacíficos e gentis, divertidos em suas brincadeiras, e fascinantes quando dançam ou andam". Essa alusão a cavalos parece um pouco exagerada, mas todo o resto reforça o que já sustentamos.

Uma das melhores descrições antigas é a do reverendo R. Kirk, responsável por uma paróquia em Monteith, na beira de Highlands, que escreveu um panfleto chamado *O reino secreto*, em torno de 1680. Ele tinha ideias muito claras e definidas sobre as pequenas criaturas; não tinha

# O advento das fadas

A foto do Canadá.

nada de visionário, mas era um homem que se interessava por muitos assuntos, que mais tarde foi escolhido para traduzir a Bíblia para o gaélico irlandês. Suas informações sobre os seres mágicos combinam muito bem com aquelas do galês acima. Ele tem seu deslize quando imagina que pontas de flechas de sílex são mesmo "raios mágicos" mas, de resto, suas alegações se harmonizam com os nossos casos modernos. Eles têm tribos e ordens, segundo nosso clérigo escocês. Eles comem. Eles conversam numa linguagem delicada, meio assobiada. Têm crianças, mortes e funerais. Eles amam brincar e dançar. Eles têm um Estado e um regime político, com autoridades, leis, disputas e até batalhas. São criaturas irresponsáveis, sem hostilidade em relação à raça humana a não ser que tenham razões para indignação; têm tendência a ajudar, e alguns deles, os duendes *brownies*, segundo a tradição universal, são prontos a contribuir com trabalhos domésticos se alguma família souber suscitar sua afeição.

Um relato exatamente similar vem da Irlanda, embora ali o pequeno povo pareça ter assimilado o espírito da ilha, sendo mais instáveis e irascíveis. Há muitos registros de casos em que parecem mostrar seus poderes, e se vingar por alguma afronta. O *Larne Reporter* do dia 31 de março de 1866, segundo a citação em *True Irish Ghost Stories* [*Histórias reais de fantasmas da Irlanda*], conta que depois que uma pedra que devia pertencer às fadas foi usada para a construção de uma casa, os moradores foram bombardeados de pedras, dia e noite, por agressores invisíveis; os projéteis não machucavam ninguém, mas representavam com certeza um belo transtorno. Histórias como essas, de pedras voando, são tão comuns, com características similares tão comprovadas, em casos vindo de todas as partes do mundo, que podem ser consideradas como um fenômeno sobrenatural reconhecido, o de que a causa do bombardeio tenha sido os seres mágicos ou qualquer outro tipo de força psíquica mal-comportada. O livro mencionado acima cita outro caso notável: um camponês construiu uma casa sobre o que aparentemente era um caminho mágico entre dois "raths", isto é, morros mágicos; ele foi objeto de tamanha perseguição, entre barulhos e outras algazarras, que a família acabou sendo expulsa e teve de se refugiar na casa menor que ocupava anteriormente. A história é contada por um correspondente de Wexford, que afirma ter constatado os fatos por sua própria conta, examinado a casa abandonada, contrainterrogado o proprietário, e averiguado que havia de fato dois "raths" nas proximidades, e que a casa estava exatamente no meio do caminho entre eles.

Tenho detalhes de um caso análogo em West Sussex, que obtive da própria senhora a quem ele aconteceu. Essa senhora queria fazer um jardim com pedras e rochas, e para isso mandou trazer algumas grandes pedras de um terreno ali perto, que eram conhecidas como "as rochas das fadas", e as colocou no novo jardim. Uma tarde de verão, essa senhora viu uma pequena mulher cinza sentada numa das rochas. A pequena criatura fugiu quando se deu conta de estar sendo observada. Ela apareceu várias outras vezes sobre as pedras. Um tempo depois, os habitantes do vilarejo pediram para levar as pedras de volta para o terreno, "são as pedras das fadas", diziam, "e se forem tiradas do lugar, vão trazer desgraças para o vilarejo". As rochas foram levadas de volta.

Supondo que elas existam mesmo, o que *são* essas criaturas? Isso é um assunto sobre o qual somente podemos especular com mais ou menos credibilidade. O senhor David Gow, editor da *Light*, uma autoridade importante sobre questões psíquicas, achava no começo que eram simplesmente espíritos humanos comuns, que estaríamos vendo, por assim dizer, pelo lado errado de um telescópio clarividente e, portanto, muito pequenos. Um estudo dos relatos detalhados de várias experiências psíquicas o fizeram mudar de ideia e chegar à conclusão de que são, na verdade, formas de vida que se desenvolveram seguindo linhas evolutivas separadas das nossas, que por razões morfológicas assumiram aspecto humano da mesma estranha maneira como a Natureza reproduz seus tipos como as figuras na raiz da mandrágora ou as samambaias de gelo nos vidros.

Num livro valioso, *A Wanderer in the Spirit Lands* [*Um viajante nas terras dos espíritos*], publicado em 1896, o autor, o senhor Farnese, faz um inspirado relato de vários mistérios, incluindo o dos seres mágicos. O que ele conta encaixa-se de perto com o que já expusemos, e vai até mais longe. Diz ele, falando dos elementares: "Alguns têm a mesma aparência que os elfos e gnomos que, dizem, vivem nas cavernas das montanhas. Assim são também as fadas que os homens veem em lugares solitários e de difícil acesso. Alguns desses seres são uma ordem bem baixa da vida, quase como as ordens mais elevadas de plantas, com a diferença do movimento independente. Outras são muito vivazes e alegres, sempre aprontando burlas grotescas e travessuras involuntárias... Enquanto a nação progride e se torna mais espiritual, essas formas inferiores de vida morrem e somem do plano astral da esfera terrestre, e as gerações posteriores vão questionando e depois negando que elas jamais tenham existido. "Isso seria uma maneira plausível de explicar o desaparecimento do fauno, da dríade, da náiade, e todas as demais criaturas que eram mencionadas com tanta familiaridade pelos clássicos da Grécia e de Roma.

# O advento das fadas

Qual seria, podemos nos perguntar, a ligação entre esse povo mágico e o esquema geral da filosofia psíquica? A ligação é tênue e indireta, limitada a qualquer coisa que amplie nossas concepções do possível e nos sacuda, nos tirando dos trilhos batidos das nossas linhas de pensamento, que nos ajude a reencontrar nossa elasticidade mental e, portanto, nos deixe mais abertos a novas filosofias. A questão dos seres mágicos é infinitamente pequena e insignificante, se comparada à do nosso próprio destino e ao de toda a raça humana. Olhadas por esse ponto de vista, as provas ficam bem menos impressionantes, embora não completamente insignificantes, como espero ter demonstrado. De qualquer maneira, essas criaturas são afastadas de nós, e sua existência tem uma importância maior apenas do que aquela de animais ou plantas estranhas. Ao mesmo tempo, o mistério eterno de por que "tantas flores nascem sem ninguém para vê-las enrubescer"[8], e por que a Natureza é tão pródiga em presentes que os seres humanos não podem desfrutar, seria resolvido se entendêssemos que há outras ordens de seres que gozam dessa nossa mesma terra e partilham de suas bênçãos. Essa seria, no mínimo, uma conjetura interessante, que acrescentaria charme ao silêncio dos bosques e aos ermos dos pântanos.

---

8. *Full many a flower is born to blush unseen / And waste its sweetness on the desert air,* versos do poema "Elegy written in a country churchyard" ["Elegia escrita num cemitério do campo"], de Thomas Gray. (N.T.)

# CAPÍTULO VII

# Alguns casos posteriores

No capítulo anterior deixamos claro que há uma boa quantidade de provas que não podem ser facilmente descartadas no que diz respeito à existência dessas pequenas criaturas, antes da descoberta da fotografia. Essas testemunhas nada têm a ganhar com seus testemunhos, que não são manchados por qualquer consideração mercenária. A mesma consideração vale para um certo número de casos que me foram relatados depois que saíram as matérias na *Strand*. Um ou dois eram mais ou menos burlas bem boladas, mas dentre as demais selecionei algumas que parecem bastante confiáveis.

O cavalheiro que já mencionei, de nome Lancaster — aquele que tantas dúvidas tinha sobre a autenticidade das fotos —, é ele próprio um vidente. Ele diz: "Eu, pessoalmente, descreveria os elfos entre 60 e 90 centímetros de altura, vestidos com roupas marrons de lã. A ideia mais próxima que posso dar deles é que são macacos espirituais. Eles têm os cérebros ativos dos macacos, e seu instinto, em geral, é o de manter distância da humanidade. Por outro lado, eles são capazes de apegar-se extremamente aos humanos — ou a um humano — mas podem te morder a qualquer momento, como fazem os macacos, para se arrepender logo em seguida. Têm milhares de anos de experiência coletiva, que podemos chamar de 'memória herdada', se preferirem, mas nada de faculdades de raciocínio. São como Peter Pans — crianças que nunca se tornam adultas.

"Eu me lembro de ter perguntado para um do nosso grupo de espíritos como fazer para entrar em contato com os duendes marrons. Ele respondeu que se você for para os bosques e chamar os coelhos marrons, os duendes marrons também virão. Falando em geral, posso imaginar que qualquer um que tenha qualquer relacionamento com os seres mágicos tem de obedecer a injunção das Escrituras para 'tornar-se como uma criança', ou ser uma pessoa bem simples ou um Buda."

Essa última frase é bastante impressionante e, curiosamente, é confirmada por um cavalheiro chamado Matthews, que escreve no dia 3 de janeiro de 1921 de San Antonio, no Texas. Ele declara que suas três filhas, agora casadas, podiam todas ver os seres mágicos antes da puberdade, mas nunca mais depois. As criaturas disseram para elas: "Não fazemos parte da evolução humana. Pouquíssimos seres humanos nos visitaram. Unicamente almas velhas num estágio avançado de evolução ou almas num estado de inocência sexual podem vir para nós". Isso repete de forma independente a ideia do senhor Lancaster.

Parece que as crianças citadas acima entravam num estado de transe antes de se encontrarem no país dos seres mágicos — um país de seres inteligentes, muito pequenos, de 25 a 40 centímetros de altura. Segundo os relatos delas, elas eram convidadas a participar de banquetes e celebrações, excursões até lindos lagos, etc. Cada uma das crianças era capaz de entrar em estado de transe instantaneamente. É o que elas faziam quando visitavam o País mágico, mas quando os seres mágicos vinham buscá-las, geralmente no final do dia, elas sentavam em cadeiras, num estado normal de consciência, vendo-os dançar. O pai acrescenta: "Minhas filhas aprenderam a dançar dessa forma, e encantavam o público em eventos locais, embora nunca ninguém tenha sabido de que forma elas aprenderam".

O meu correspondente não diz se há uma diferença acentuada entre os tipos de seres mágicos europeus e americanos. Não há dúvida de que, se esses resultados forem confirmados e aprofundados, haverá no futuro uma classificação exata das criaturas. Se pudermos confiar na clarividência do bispo Leadbeater, há, como mostraremos mais adiante, uma distinção muito clara entre a vida elementar dos vários países, assim como variedades distintas em cada país específico.

Um caso notável de visão direta veio do reverendo Arnold J. Holmes. Ele escreveu:

"Fui criado na Ilha de Man, onde se respira a atmosfera da superstição (se assim queremos chamá-la), a simples, bela fé dos pescadores de Man, a confiança infantil das meninas de Man, que ainda hoje não se esquecem de colocar ao lado da lareira um pedacinho de lenha e de carvão, no caso de 'o pequeno povo' precisar fazer fogo. O prêmio para isso é um bom marido, e negligenciar esse aspecto pode significar um marido ruim, ou nenhum marido. Os fenômenos desconcertantes aconteceram na minha viagem de volta, à noite, de Peel Town para St. Mark, onde eu tinha um cargo na igreja.

"Depois de ultrapassar a bela residência de Sir Hall Caine, o castelo de Greeba, meu cavalo — um bicho fogoso — de repente parou e, olhando para frente, vi por entre os raios velados da lua, o que parecia um pequeno exército de figuras indistintas — muito pequenas, vestidas de roupas diáfanas. Parecendo perfeitamente felizes, eles se apressavam tropeçando pela estrada, vindos da direção do belo vale silvestre de Greeba e da igreja sem teto de St. Trinian. Segundo a lenda, esse sempre foi um lugar assombrado pelos seres mágicos, e quando em duas ocasiões foram feitas tentativas de colocar um teto, as criaturas desfaziam durante a noite todo o trabalho feito durante o dia. Agora faz um século que não foram feitas mais tentativas. A igreja foi deixada para o 'pequeno povo', que acha que ela é mesmo deles.

"Eu fiquei observando como enfeitiçado, com meu cavalo enlouquecido de medo. O pequeno exército feliz então virou rumo ao Morro da Bruxa, subindo um barranco coberto de musgo; um 'homenzinho' um pouco maior que o resto, de uns 40 centímetros, ficou parado em posição de sentido até que todos tinham passado, dançando e cantando num feliz abandono, atravessando os campos de Valley, rumo ao morro St. John."

A ampla distribuição dos seres mágicos pode ser avaliada pela narrativa seguinte, vinda da senhora Hardy, a esposa de um colono nos distritos maoris da Nova Zelândia.

"Depois de ler o que outros viram, me sinto encorajada a repassar-lhe uma experiência que tive uns cinco anos atrás. Peço desculpas por ter de fornecer alguns detalhes domésticos ligados à história. Nossa casa é construída no topo de uma serra. O chão foi aplanado para criar espaços para a casa, os edifícios, o gramado, etc. O chão a cada lado forma declives bruscos até um pomar à esquerda e um matagal e um *paddock* à direita, delimitados pela estrada. Uma tarde, no final do dia, fui para o quintal para pendurar a toalha para o chá no varal. Na hora que saí da varanda, escutei o barulho de um galope suave vindo da direção do pomar. Pensei que devia ter escutado mal, e que o som vinha de verdade da estrada, onde os maoris frequentemente passam ao galope com seus cavalos. Cruzei o quintal para pegar os prendedores de roupa e escutei o galope chegando mais perto. Andei até o varal e fiquei embaixo dele com os braços levantados para pendurar a toalha, até perceber o galope logo atrás de mim. De repente, uma pequena figura, cavalgando um minúsculo pônei, passou bem debaixo dos meus braços levantados. Olhei em volta e vi que estava rodeada por oito ou dez pequenas figuras sobre pequenos pôneis como Shetlands anões. A figurinha que passara tão perto de mim se destacava na luz que vinha da janela, mas estava virada de costas, e não podia ver seu rosto. As caras dos outros eram morenas, e os pôneis também eram marrons. Se vestiam roupas, eram coladas na pele como uma malha de criança. Pareciam anões minúsculos, ou crianças de uns dois anos de idade. Fiquei bastante assustada, e gritei, 'Deus do céu, o que é isso?'. Acho que os espantei, porque ao som de minha voz eles fugiram ao galope, passando pela treliça da roseira, até o matagal. Escutei o galope suave diminuir com a distância, e fiquei escutando até o barulho sumir, então voltei para casa. Minha filha, que já tivera várias experiências psíquicas, falou para mim: 'Mãe, você está branca e agitada! O que viu? E com quem estava falando no quintal?' Eu disse, 'Vi os seres mágicos cavalgando!' "

Os pequenos cavalos mágicos são citados por vários escritores; contudo, devemos admitir que sua presença torna a situação bem mais complicada e difícil de entender. Se há cavalos, por que não cães? E assim acabamos num mundo completamente novo, na escala mágica. Fiquei com a certeza de que as provas em favor dos seres mágicos são esmagadoras, mas nem por isso consegui me convencer a respeito desses complementos.

A carta seguinte, vinda de uma jovem do Canadá, filha de um cidadão preeminente de Montreal, que eu conheço pessoalmente, é interessante pelas fotos anexas, reproduzidas aqui. Ela diz:

"A foto anexa foi tirada neste verão em Waterville, em New Hampshire, com uma câmera Brownie 2A (com uma lente para retrato), por Alverda, de onze anos de idade. O pai é alguém competente, lúcido, apaixonado por golfe e sinuca; a mãe adora arte japonesa; nenhum dos dois tem interesse pelas questões psíquicas. A criança é frágil e cheia de imaginação, mas é uma gracinha, e incapaz de mentir.

"A mãe me contou que estava com a criança quando a foto foi tirada. A menina gostou dos cogumelos, ajoelhou-se e tirou a foto. Para que tenha uma ideia do tamanho, são *Amanita muscaria*.

"Não havia nenhuma figura como aquela que aparece na imagem.

"Não foi feita uma dupla exposição. A imagem os deixou espantados quando foi revelada. Os pais garantem sua autenticidade, mas estão pasmos.

O senhor acha que sombras, ou qualquer outra coisa, podem explicar o mistério? Pessoalmente acho que a linha do ombro direito e do braço é evidente demais para serem descartados dessa forma."

Concordo com quem escreve, mas a esse ponto cada leitor pode decidir por sua própria conta examinando a foto. É claro que falta nitidez depois dos exemplos de Yorkshire.

A Nova Zelândia parece ser um centro de presenças mágicas, pois tenho outra carta de uma senhora daquelas belas ilhas, tão interessante e marcante quanto aquela já citada. Ela diz:

"Eu vi seres mágicos em todas as partes da Nova Zelândia, mas especialmente nos barrancos da erosão, cheios de samambaias, da Ilha do Norte. A maior parte da minha revelação para a mediunidade aconteceu em Auckland, e naquele período eu passava horas no meu jardim e via os seres mágicos especialmente à tarde, logo depois do pôr do sol. Pelas minhas observações, reparei que eles vivem ou aparecem perto das plantas perenes. Eu via criaturas marrons e criaturas verdes, e todas tinham asas diáfanas. Eu costumava falar com elas, e pedir ajuda para fazer as mudas e enxertos do meu jardim crescerem bem, e tenho certeza de que eles se dedicavam a isso, pelos resultados que eu conseguia. Desde que cheguei em Sidney, eu vi também criaturas verdes. Tentei um experimento na primavera passada. Eu tinha alguns narcisos 'olhos-de-faisão' no jardim. Vi que as criaturas ficavam perto deles. Transplantei um dos bulbos para um vaso quando estava no meio do crescimento e o levei comigo para umas férias curtas. Pedi para as fadas que cuidassem que ele continuasse crescendo. Ficava observando-o de perto toda tarde — uma fada vestida de verde, às vezes duas ou três, apareciam no vaso sob a planta. Não saberia dizer o que faziam durante a noite, mas na manhã seguinte a planta estava bem maior e, embora transplantada, floresceu três semanas antes daquelas do jardim. Estou vivendo agora em Rochdale, perto de Sidney, com amigos australianos e espiritualistas, que também veem os seres mágicos desde a infância. Tenho certeza de que os animais os veem. As criaturas aparecem a cada tarde num cantinho mais selvagem do jardim que deixei para elas, e nosso gato fica ali sentado observando-as com atenção, sem nunca tentar pular nelas como faria com qualquer outra coisa se movendo. Se quiser usar a informação contida nesta carta, fique à vontade."

Recebi outra carta interessante da senhora Roberts, de Dunedin, uma das mulheres mais dotadas em questões psíquicas que encontrei em minhas andanças australianas. Ela descreve, da mesma forma que no relato acima, a íntima ligação entre essas formas de vida elementares e as flores, e sustenta que sempre as viu cuidando das plantas em seu próprio jardim.

Da Irlanda recebi várias histórias de magia, que parecem contadas de forma honesta, ainda que deixem margem para erros de observação. Uma delas parece fazer a ligação entre o reino mágico e a comunicação espiritual.

## O advento das fadas

Quem escreve, uma senhorita Winter, de Blarney, na região de Cork, diz:

"Recebemos várias vezes comunicações de um ser mágico chamado Bebel, uma delas de uma hora de duração. A comunicação era clara e rápida como aquelas do espírito mais poderoso. Ele nos contou ser um *Leprechaun* (duende macho), mas que numa fortaleza em ruínas perto de nós havia *Pixies*. Nossa propriedade fora, desde sempre, moradia de *Leprechauns*, e que ali, nas nossas terras, eles conseguiam tudo o que precisavam, com sua rainha Picel, montada em sua linda libélula.

"Ele pediu com o maior carinho notícias sobre meus pequenos bisnetos, que nos visitam com frequência, e desde então ele se comunica com eles, quando cedemos inteiramente a mesa para eles, só escutando o prazer que eles tinham em estarem juntos. Ele contava a eles que os seres mágicos têm toda facilidade em falar com os coelhos e não gostam dos cães porque correm atrás deles caçando-os. Eles se divertem com as galinhas, que gostam de cavalgar, mas não gostam delas, porque caçoam deles. Quando mencionou a velha fortaleza, pensei que ele estivesse se referindo ao castelo Blarney, perto daqui; mas quando contei o incidente para a filha de um camponês daqui, cuja família vive nessa área há muito, muito tempo, ela me informou que uma choupana no começo da nossa avenida foi erguida no lugar de uma velha fortaleza, uma informação absolutamente inédita para nós."

## Arthur Conan Doyle

Acrescentarei umas poucas mais à minha lista de testemunhas, que poderia se estender amplamente. A senhorita Hall, de Bristol, escreve:

"Eu também tenho visto seres mágicos, mas nunca antes tive a coragem de contar isso, por medo do ridículo. Isso foi muitos anos atrás. Eu era uma criança de seis ou sete anos de idade, apaixonada, como ainda sou, por todas as flores, que me parecem criaturas vivas. Estava sentada no meio de uma estrada entre campos de milho, brincando num tufo de papoula. Nunca vou esquecer minha surpresa quando reparei num homenzinho engraçado, brincando de esconde-esconde entre as flores para divertir-me, ou assim achei. Ele era tão rápido quanto uma flecha. Fiquei olhando para ele durante um bom tempo, até ele desaparecer. Parecia um sujeito divertido e alegre, mas não consigo mesmo lembrar o rosto dele. A cor dele era verde-sálvia, seus membros eram arredondados e pareciam caules de gerânio. Não parecia vestir roupas, tinha uns dez centímetros de altura, bem magro. Fiquei procurando ele mais umas vezes, sem sucesso."

O senhor J. Foot Young, bastante conhecido como adivinho por meio da água, escreve:

"Alguns anos atrás, fui convidado a passar uma tarde nas lindas encostas de Oxford Hill, no condado de Dorset. Como naquela área não há nem árvores nem cercas, é possível enxergar por longas distâncias sem impedimentos. Estava andando com um companheiro, que vive naquela

## O advento das fadas

região, afastando-me da parte principal, quando fiquei surpreendido em ver o que achei ser algumas crianças muito pequenas, todas vestidas com pequenas saias curtas bem coloridas, com as pernas nuas. Elas estavam de mãos juntas, todas encostadas, dançando alegremente num círculo perfeito. Ficamos olhando-as até elas sumirem instantaneamente. Meu companheiro disse que eram seres mágicos, e que vinham com frequência para esse lugar para suas folias. Pode ser que tenham ficado perturbados com a nossa presença."

A senhora Ethel Enid Wilson, de Worthing, escreve:

"Eu acredito mesmo nos seres mágicos. Eles são obviamente espíritos da natureza. Tenho os visto com frequência em dias ensolarados, brincando no mar e surfando as ondas, mas ninguém com quem eu estava naqueles momentos conseguiu vê-los também, a não ser uma vez, quando meus pequenos sobrinhos e sobrinhas também os viram. Eram como pequenas bonecas, diminutos, com lindos cabelos brilhantes, movendo-se e dançando o tempo todo."

A senhora Rose, de Southend-on-Sea, nos contou, num papo sobre o assunto:

"Acho que sempre vi as fadas. As vejo o tempo todo na mata perto do mar. Elas congregam debaixo das árvores e flutuam em volta, com os gnomos por perto para protegê-las. Os gnomos são como pequenos velhinhos, com bonezinhos verdes, e suas roupas são geralmente de um verde neutro. As próprias fadas estão envoltas em leves panos e véus. As vi também no viveiro e na estufa da minha casa, flutuando por entre as plantas e as flores. Parecem sempre estar brincando, a não ser quando vão descansar na relva ou numa árvore. Uma vez, vi um grupo de gnomos subindo em pé uns nos ombros dos outros, como ginastas num palco. Eles pareciam tão vivos quanto eu. Não é imaginação. Cheguei a ver gnomos preparando uma espécie de cama de musgo para as fadas, da mesma forma que uma mãe pondo seus passarinhos para dormir. Não ouço som nenhum vindo dos gnomos ou das fadas, mas parecem sempre felizes, como se estivessem se dando muito bem".

Eva Longbottom, da Real Academia de Música de Bristol, uma cantora encantadora, cega de nascença, nos contou numa entrevista:

"Eu tenho visto muitos seres mágicos com os olhos da mente (isto é, com a clarividência). Aqueles que vejo são de vários tipos. As fadas da música são muito bonitas. 'Prateado' é a palavra para descrevê-las, pois te fazem pensar na prata, e têm vozes melífluas prateadas. Falam e cantam, mas mais por meio de sons do que de palavras — uma linguagem própria, um idioma mágico. Sua música é algo que não poderíamos transcrever. Existe por si. Não acho que Mendelssohn conseguiu mesmo captá-la, enquanto a música de Coleridge-Taylor me lembra a música que ouvi das próprias fadas; suas baladas mágicas são encantadoras.

## O advento das fadas

"Há também fadas bailarinas. Suas danças são delicadas e cheias de graça, um estilo de dança bem antigo e ordenado. Estou geralmente sozinha quando as vejo, não necessariamente num bosque, mas a cada vez que a atmosfera é poética. São bastante reais.

"Outro tipo são as fadas poéticas. São mais etéreas, de uma nuance para o violeta. Se conseguirem imaginar Perdita, no *Sonho de uma Noite de Verão*, transportada do palco para o mundo mágico, terão uma boa ideia de uma fada poética. Ela tem um lindo caráter de menina. O mesmo pode se dizer de Miranda, embora ela seja mais sentimental.

"As fadas das cores são também muito interessantes. Se conseguirem imaginar cada cor transformada numa fada, terão uma ideia de com que se parecem. São de formas aéreas, dançam e cantam na tonalidade de suas cores. Eu não vi nenhum *brownie*, já que não tenho muito interesse no lado doméstico da vida dos seres mágicos.

"Quando eu era jovem, me forçaram tanto a acreditar que as fadas eram seres imaginários que eu não acreditava mesmo, mas quando cheguei aos catorze anos comecei a percebê-los, e agora os amo. Talvez o fato de ter estudado artes tenha me aproximado deles. Tenho vibrações de simpatia a respeito deles, e eles me fizeram perceber que somos amigos. Tive muita felicidade e boa sorte na minha vida, e talvez eu possa atribuir parte disso às fadas."

## Arthur Conan Doyle

Eu devo esses últimos exemplos ao senhor John Lewis, editor da *Psychic Gazette*, que os recolheu. Acho que posso alegar honestamente que somando estes últimos àqueles que já tinha citado no meu artigo original, e estes relacionados com as fotos e as crianças de Cottingley, podemos apresentar esse caso todo para o público com certa tranquilidade.

# CAPÍTULO VIII

# O ponto de vista teosófico sobre os seres mágicos

De todas as religiões e filosofias do Ocidente, não conheço nenhuma, a não ser esse ensinamento antigo chamado Teosofia, que conceda um lugar em sua doutrina para as formas elementares de vida. Portanto, já que estamos tentando batalhar de forma independente para a existência delas, cabe examinar com cuidado o que ensinam a respeito e ver como isso se encaixa no que pudemos recolher e demonstrar.

Não há ninguém mais capacitado a falar sobre isso que meu colega nessa empreitada, o senhor E. L. Gardner, já que é ao mesmo tempo o descobridor desse caso e uma autoridade importante sobre os ensinamentos teosóficos. Fico feliz, portanto, de poder incluir algumas considerações de sua autoria.

"No meio do comercialismo atarefado dos tempos modernos," ele escreve, "o fato de sua existência esmoreceu nas trevas, e uma deliciosa disciplina de estudos da natureza ficou perdida. Esse vigésimo século promete extrair o mundo de parte das trevas. Talvez seja um indício de que estamos alcançando a borda prateada das nuvens, quando de repente somos confrontados com fotos reais dessas encantadoras pequenas criaturas — há tanto tempo relegadas à esfera do imaginário e do fictício.

"Agora, o que *são* mesmo os seres mágicos?"

"Para começar, é importante entender que tudo o que *pode* ser fotografado deve necessariamente ser algo físico. Não há nada de uma ordem mais sutil na natureza das coisas que possa impressionar as chapas sensíveis. As chamadas fotos de espíritos, por exemplo, implicam necessariamente um certo nível de materialização para que a 'forma' possa chegar dentro do alcance até dos filmes mais sensíveis. Mas até dentro de nossa oitava física, há níveis de densidade que escapam à visão comum. Da mesma maneira que há tantas estrelas que a câmera pode registrar sem que jamais o olho humano as veja de forma direta, há uma ampla gama de criaturas vivas cujos corpos são tão tênues e sutis, do nosso ponto de vista, que ficam além do alcance dos nossos sentidos normais. Muitas crianças e sensitivos os veem, e daí vem nosso conhecimento do mundo mágico — baseado em fatos concretos e até demonstráveis!

"Os corpos dos seres mágicos são de uma densidade que poderíamos descrever, em imaginá-los, por isso, destituídos de substância. Ao seu modo, eles são tão reais quanto nós, e cumprem funções importantes e fascinantes ligadas à vida das plantas. Só para sugerir uma fase — muitos leitores terão reparado o quanto as flores ficam lindas e frescas quando zeladas por uma pessoa, e o pouco que duram quando é outra pessoa quem cuida delas. Isso se justifica com a devoção carinhosa de uma e a relativa indiferença da outra, emoções que afetam vivamente os espíritos da natureza que também cuidam dessas flores. Suas reações a amor e carinho ficam imediatamente evidentes em suas funções.

"As fadas não nascem e não morrem da mesma forma que nós, embora elas tenham seus períodos de atividade externa e de 'aposentadoria', isto é, isolamento. Próximas dos *lepidoptera*, o gênero das borboletas, que conhecemos bem, e não dos mamíferos, elas partilham com esses insetos algumas características óbvias. Há pouca ou nenhuma atividade mental — tão somente uma alegria irresponsável de viver, claramente evidenciada por seu encantador abandono. A forma humana reduzida, que elas assumem tão frequentemente, se deve sem dúvida, pelo menos em grande parte, à influência poderosa do pensamento humano, a força criativa mais poderosa nesse ciclo atual.

# O advento das fadas

"Nas pesquisas que realizei em Yorkshire, em New Forest e na Escócia, entrevistei muitos fãs das fadas e observadores dos seres mágicos, para depois comparar seus depoimentos. Na maioria dos casos, achei interessante que meu papel em tornar públicas as fotos de Cottingley era a pior apresentação possível. São poucos os fãs das fadas que aprovaram. Fui frequentemente censurado e repreendido de forma até enérgica, porque as fotos foram percebidas como uma intrusão e desmistificação injustificadas. Só depois das mais solenes e sinceras garantias sobre minha postura a respeito foi possível irmos adiante e obter as confidências íntimas que tenho a liberdade de narrar aqui, depois de compará-las, averiguá-las e organizá-las.

"A função dos espíritos da natureza nos bosques, nas campinas e nos jardins, e com tudo o que está em conexão com a vegetação em geral, é de fornecer a articulação vital entre a energia estimulante do sol e o material bruto da forma. Aquele crescimento da planta que consideramos o resultado costumeiro e inevitável da associação entre sol, semente e solo, nunca poderia desabrochar se os construtores mágicos não estivessem ali. Não logramos música de um órgão simplesmente associando o vento, a partição de um compositor e o instrumento — é indispensável a articulação vital fornecida pelo organista, ainda que invisível —, e da mesma maneira os espíritos da natureza são essenciais para a produção da planta.

## Arthur Conan Doyle

"O CORPO MÁGICO — O corpo normal, funcional, de gnomos e fadas não é humano, nem de qualquer outra forma definida, e é nisso que reside a explicação de tudo o que é considerado tão intrigante no que diz respeito em geral ao reino dos espíritos da natureza. Normalmente eles não têm uma forma e uma figura bem definida, e só poderiam ser descritos como pequenas, nebulosas, indistintas nuvens de cor, um tanto luminosas, com um núcleo central mais brilhante, como uma centelha. Portanto, não poderíamos tentar definir suas formas assim como não há como descrever uma chama. É *nesse* corpo que eles cumprem seus ofícios, trabalhando *por dentro* da estrutura da planta. 'Magnético' é a única palavra capaz de descrever seu método. Eles respondem instantaneamente aos estímulos e parecem sugestionados por influências vindas de duas direções — as condições físicas externas predominantes e um impulso inteligente interno. Essas duas influências determinam suas atividades de trabalho. Alguns, de longe os mais numerosos, aplicam-se à construção e organização das células, e são relativamente pequenos quando assumem a forma humana, não mais de uns oito centímetros. Outros se dedicam exclusivamente ao crescimento subterrâneo das raízes, e outros são aparentemente especializados nas cores, e 'pintam' as flores com o movimento fluido de seus corpos como nuvens. Não parece ter sinal de qualquer trabalho seletivo ou diferenciado individualmente. Parecem todos animados por uma força comum, que os estimula

## O advento das fadas

continuamente, algo que lembra muito o impulso instintivo que guia as abelhas e as formigas.

"A FORMA HUMANA — Embora o espírito da natureza possa ser considerado na prática como irresponsável, vivendo uma vida jubilosa e deliciosamente sem vínculos, cada membro parece possuir no mínimo, às vezes, uma individualidade temporária e definida, e tomar gosto nisso. Eles são capazes de assumir instantaneamente a forma humana diminuta — às vezes grotesca, como no caso dos gnomos e *brownies*, às vezes lindamente graciosa, como nas fadas da superfície —, se as condições o permitirem. Eles conseguem reter essa aparência durante certo tempo, e parece claro que essa forma definida e relativamente concreta causa-lhe certo prazer. Não há nenhuma organização perceptível, como poderia ser inferido precipitadamente. O conteúdo do corpo, de qualquer forma, parece homogêneo, embora um tanto mais denso, e a forma 'humana' se torna geralmente visível quando não estão trabalhando. O espírito da natureza, quando trajado dessa forma, se entrega a movimentos enérgicos, pulando e dançando, ostentando um abandono comunicativo sugerindo o entusiasmo de uma experiência deliciosa. Parece claro que para eles é um momento de relaxamento e diversão, embora seu trabalho possa parecer bastante fascinante. Se forem importunados ou assustados, eles mudam instantaneamente de volta para seu veículo mais sutil, a nuvem magnética. Não é nada claro o que determina a aparência que eles assumem e como é efetuada a transformação. Podemos especular quanto à influência do pensamento humano, individual ou coletivo e, com toda probabilidade, quando encontrarmos a explicação ela levará em conta esse fator — mas o que quero aqui não é teorizar, e sim simplesmente relatar os acontecimentos que observamos. Uma coisa ficou clara: a forma dos espíritos da natureza é objetiva, isto é, objetiva no sentido do termo que aplicamos a uma pedra, uma árvore, e a um corpo humano.

"AS ASAS DAS FADAS — As asas são um traço que é difícil de associar a braços. Nesse aspecto, o protótipo do inseto, com vários membros e duas ou mais asas, é o modelo mais próximo. Mas não apresentam articulações e tampouco irrigação sanguínea, e são asas que não são usadas para voar. Só me ocorre o termo 'emanações fluidas'. Em algumas variedades, especialmente nas sílfides, os fluidos cercam o corpo todo, como uma aura luminosa borrifada como uma neblina de penas. Fiquei sabendo que as toucas emplumadas mais antigas e elaboradas dos peles-vermelhas norte-americanos foram inspiradas por essa fonte; por sugestivas que fossem, mesmo as mais esplendorosas só seriam cópias pobres dos originais.

"COMIDA — Não absorvem comida, como nós a concebemos. O alimento, habitualmente abundante e amplamente

# O advento das fadas

suficiente para o sustento, seria absorvido diretamente por meio de uma inspiração ou pulsação rítmica. Recorrer ocasionalmente ao banho magnético parece ser sua única forma de tonificante, nos casos especiais. O perfume das flores é absorvido com deleite e, ao oposto, os cheiros desagradáveis os afastam. Esta é uma das várias razões, além da timidez, pela qual eles têm repulsa à sociedade humana, já que para eles há muito pouco de atraente nessa convivência, e muito de repulsivo.

"NASCIMENTO, MORTE E SEXO. — Qualquer estimativa sobre a duração da vida resulta enganosa, porque não há como fazer comparações conosco. Não há nascimento ou morte reais, da maneira como nós os concebemos — simplesmente um surgimento gradual, e depois um retorno gradual, a um estado mais sutil de existência. Esse processo leva algum tempo, provavelmente alguns anos em certas variedades, e suas vidas no nível mais denso, que corresponde à nossa idade adulta, pode ter a mesma duração que a média humana. Não há nada de definido em tudo isso, no entanto, a não ser o processo *gradual* de aparecimento e retorno. Não há sexualidade, como a concebemos, embora haja, pelo que pude averiguar, divisões e subdivisões do 'corpo' num nível bem mais sutil e primordial do que se percebe habitualmente. Esse processo corresponderia à fissão e germinação dos simples animálculos bem conhecidos, acrescentando, perto do fim do ciclo, a fusão ou a reconjunção no conjunto maior.

"LINGUAGEM E GESTOS — Abaixo das sílfides não parece ter nada, ou muito pouco, em termos de linguagem com palavras. Toda comunicação é possível por meio da inflexão e dos gestos, da mesma forma da que podemos exercer com os animais domésticos. Sem dúvida, o relacionamento humano com os espíritos inferiores da natureza se parece muito com o relacionamento que temos com gatinhos, cachorros e passarinhos. Há, porém, provas abundantes de uma linguagem tonal entre eles. Música tocada por flautas e pífaros é comum, embora muito estranha para o ouvido humano — mas não cheguei ainda a definir se a proveniência seria de algum instrumento ou da voz deles. Os níveis mais altos de espíritos da natureza juntam uma atividade mental ao desenvolvimento emocional, e o diálogo com eles é possível. Sua postura em relação à humanidade ordinária é distante mais do que bem intencionada, e frequentemente hostil, provavelmente por causa da nossa displicência completa em relação às boas maneiras. Estou começando a perceber o sentido e a razão das oferendas pelo fogo de antigamente. A poluição da atmosfera causa horror e mágoa profunda entre as sílfides. Lembrei de um antigo dito que vi em algum lugar, quando discutia sobre os lindos espíritos do ar e sua obra: 'Agni (o Fogo) é a boca dos deuses!' Nossos costumes sanitários e funerários poderiam sem dúvida melhorar! Um fã dos seres mágicos me disse brincando, 'Imagina! Nunca irá conseguir fotos das sílfides — elas são espertas demais para você!' Se, no entanto, pudermos estabelecer relações amigáveis com elas, podemos dominá-las, se quisermos!

"CAUSA E EFEITOS — A dissecção e exame das formas vegetais, por exaustiva que seja, nada mais é do que uma análise dos *efeitos*. Não iremos encontrar ali qualquer *causa* adequada, da mesma forma que uma dissecção de uma escultura nada irá revelar sobre o artífice. O gênio fenomenal que se manifesta no reino vegetal na construção, adaptação e ornamentação requer a obra conjunta de um operário, de um mecânico e de um artista. Reconhecer e aceitar a contribuição dos espíritos da natureza preencheria o hiato indefinido entre a energia do sol e o material lavrado. Do nosso ponto de vista humano, a descoberta de dois pedaços de madeira pregados juntos indicaria sem falta uma habilidade manual, e ao mesmo tempo estamos acostumados a olhar, com maravilha e admiração, para as sofisticadas formas do reino vegetal e murmurar 'processos evolutivos' ou 'a mão de Deus', conforme o nosso temperamento. É preciso um agente de ambos os lados.

"MODALIDADES DE TRABALHO — O aspecto que irá empolgar todo amante da natureza interessado nos processos vitais das plantas é a perícia do espírito da natureza como agente. Qualquer inferência, por simples que seja, periga nos escapar, embora nesse caso as experiências colhidas no próprio trabalho humano revelem, de maneira vívida, a analogia. Analogia com a diferença, contudo, de que a forma oculta como trabalham os espíritos da natureza é, sob muitos pontos de vista, o exato oposto da nossa. Nesse universo físico, trabalhamos com as mãos e instrumentos, e nos aplicamos à parte externa das coisas, sempre manejando e aplicando os materiais na parte de fora. Trabalhar adicionando e acrescentando é nosso método de construção. Nós mesmos somos feitos dessa forma, e é assim que abordamos as coisas. Os espíritos da natureza operam por dentro, trabalhando do centro para fora. A finalidade que eles perseguem parece ser a de atingir uma proximidade cada vez maior com o meio ambiente, e para isso o impulso que guia suas atividades é como melhor adaptar os meios às suas capacidades. É fácil perceber a causa de tanta variedade na natureza, tendo em vista esse empenho e esforço para organizar o veículo que os espíritos da natureza usam, e obter assim um contato mais próximo. Tingimento das flores, mímica, proteção e distribuição das sementes, medidas defensivas e agressivas, os mil recursos aplicados para chegar ao objetivo, tudo sugere uma inteligência que atua por meio de agentes os quais, cada um ao seu nível, têm frequentemente um relacionamento mais ou menos conflitante com os outros. As variedades e diferenças são tão evidentes quanto na humanidade, e levam para essa diversidade de formas e hábitos que consideramos, por nosso lado, uma experiência tão frutífera. Na lavoura do solo e no cultivo das plantas para nossos fins, trabalhamos junto com eles — num contato muito próximo, ainda que inconsciente. Os esforços dos espíritos da natureza trabalhando por conta própria, *sem* nossa contribuição, produzem as flores selváticas e os frutos dos nossos bosques, várzeas e campinas, enquanto a colaboração *com* os humanos leva a uma fartura de cereais, flores e frutos imensamente maior.

"CONSCIÊNCIA DAS PLANTAS — O relacionamento dos espíritos da natureza com a consciência que opera no reino vegetal representa um estudo também muito interessante, já que os dois parecem bastante distintos. Poderíamos talvez fazer uma analogia com o papel respectivo da tripulação e dos passageiros num navio. A consciência adormecida das plantas ou, no melhor dos casos, seu lento despertar, faz delas pouco mais do que um viajante ocioso, enquanto os espíritos da natureza, alertas e ativos, cuidam da manutenção e da navegação do navio, e a viagem pelo reino significa crescimento e desenvolvimento para ambos.

"O FUTURO — O que poderia resultar de uma compreensão inteligente do 'pequeno povo', e da instauração de sentimentos positivos mútuos, são perspectivas extremamente fascinantes. Para nós, representaria trabalhar na luz, e não nas trevas. Podemos vislumbrar um antegosto de uma tal cooperação ao observar os efeitos da devoção de alguém que ama as flores àquelas das quais cuida. Os espíritos da natureza reagem às emoções e sentimentos, e apreciam fervorosamente os cuidados carinhosos e as afeições. Não saberia dizer se isso se aplica a todas as variedades além daquelas relativas às plantas e flores, mas para estas últimas sim, e a ideia de direcionar os esforços de maneira inteligente em vez de aguardar acontecimentos empíricos instiga a mente para uma enxurrada de possibilidades futuras.

"O despertar da consciência de si do reino humano, levando a uma mentalidade vigorosamente ligada ao carinho na emoção e na ação física, poderia saldar uma dívida ancestral. Nada fizemos conscientemente para auxiliar a linha evolutiva dos espíritos da natureza, mas com a compreensão da situação podemos cooperar juntos de maneira útil e inteligente, e servir a ambos para o interesse mútuo pode substituir a experimentação cega e o egoísmo fortuito!" — E. L. G.

Não conheço ninguém, na literatura teosófica, que trate das forças elementares da natureza de forma mais ampla que o bispo Leadbeater, a quem encontrei em minhas viagens na Austrália, e que me impressionou por sua aparência venerável, seus hábitos ascéticos e o fato de reivindicar uma clarividência fora do comum que lhe permitiu, como sustenta, desvendar muitos dos Arcanos. Em seu livro *The Hidden Side of Things* [*O lado oculto das coisas*], ele fala amplamente dos seres mágicos de muitos países.

A respeito das pequenas criaturas que tantos dos meus informantes viram cuidando das flores, nosso vidente diz:

## O advento das fadas

"As pequenas criaturas que cuidam das flores podem ser divididas em duas grandes categorias, embora haja naturalmente muitas variedades dentro de cada uma. Fazem parte da primeira categoria aquelas que podemos chamar corretamente de elementais, já que, por lindas que sejam, não são na realidade nada mais do que 'formas pensadas' e, portanto, não podem ser consideradas de maneira alguma criaturas vivas. Ou talvez fosse melhor defini-las como criaturas temporariamente vivas, já que, embora sejam muito ativas e atarefadas durante suas curtas vidas, elas não carregam em si nenhuma vida capaz de evolver e reencarnar; quando terminam suas tarefas, elas se despedaçam e se desagregam na atmosfera circunstante, exatamente da mesma maneira que nossas 'formas pensadas'. Elas são as 'formas pensadas' dos Grandes Seres, ou anjos, encarregados da evolução do reino vegetal.

"Quando um desses Grandes Seres tem uma nova ideia em relação a uma das espécies de plantas ou flores que estão sob sua tutela, ele costuma criar uma 'forma pensada' com o intento específico de realizar essa ideia, a qual assume a forma de uma representação etérea da própria flor, ou de uma pequena criatura que permanece o tempo todo em volta da planta ou da flor durante o período da germinação e da brotação, e gradualmente a leva a assumir as feições e as cores imaginadas pelo anjo. Mas tão logo a planta cresce ou a flor desabrocha, sua tarefa termina e seu poder se esgota, e, como já disse, ela simplesmente se dissolve, porque a vontade de realizar aquela função era a única alma que a animava.

"Mas há outra categoria bem diferente de pequenas criaturas que é vista com frequência brincando com as flores, e nesse caso trata-se de um verdadeiro espírito da natureza. Desses também há muitas variedades. Uma das formas mais comuns é algo que se parece com um beija-flor, e pode ser vista zunindo em volta das flores como os beija-flores ou as abelhas. Essas lindas criaturas nunca se tornarão humanas, porque sua linha evolutiva é completamente diferente. A vida que as anima surgiu na forma de cereais e ervas, quando no reino vegetal, e de abelhas e formigas, quando no reino animal. Agora alcançou o nível desses minúsculos espíritos da natureza, e o próximo estágio será dar alma para alguma linda fada de corpo etérico, que vivia na superfície da terra. Mais tarde, se tornarão salamandras, ou espíritos do fogo, e depois sílfides, ou espíritos do ar, com corpos astrais e não mais etéricos. Mais tarde ainda passarão pelos vários estágios do grande reino dos anjos."

Falando sobre as características nacionais dos seres mágicos, ele proclama, com a firmeza de um observador objetivo:

"Não poderia haver contraste mais marcante entre os homúnculos pândegos e animados, laranja e roxo, ou vermelho e ouro, que dançam entre os vinhedos da Sicília, e as melancólicas criaturas cinzas e verdes que se movem de maneira muito mais vagarosa entre os carvalhos e os tojos das várzeas da Bretanha, ou a 'gente boa' marrom dourado que assombra as encostas da Escócia.

"Na Inglaterra, o tipo verde-esmeralda é provavelmente o mais comum, o mesmo que vi também nos bosques da França e da Bélgica, e até em Massachusetts, ou nas margens do rio Niágara. As grandes planícies das Dakotas são povoadas por um gênero preto e branco que não vi em nenhum outro lugar, enquanto a Califórnia goza de uma espécie branca e ouro, que também parece ser única.

"Na Austrália o tipo mais frequente é uma criatura muito característica, de uma cor maravilhosamente azul-celeste e luminosa; mas há uma grande diversidade entre os habitantes etéricos de Nova Gales do Sul e Vitória, e aqueles da região tropical do norte de Queensland. Esses últimos se parecem muito com aqueles das Índias Holandesas. Java parece especialmente prolífica em graciosas criaturas etéreas, de dois tipos bem distintos, ambos monocromáticos — um azul índigo com suaves reflexos metálicos, e o outro que lembra um estudo de todas as nuances de amarelo — estranhos, mas maravilhosamente eficazes e atraentes.

"Uma variedade local impressionante tem listras espalhafatosas alternando verde e amarelo, como uma camisa de um time de futebol. Esse tipo listrado deve ser uma raça peculiar daquela parte do mundo, porque cheguei a ver desenhos similares, de vermelho e amarelo, na península da Malásia, e alternando verde e branco do outro lado do estreito de Sumatra. Aquela grande ilha goza também da presença de uma adorável tribo de heliotrópios pálidos, que só vira antes nos morros de Ceilão. Lá embaixo na Nova Zelândia a especialidade é uma cor azul-escuro entremeada de prata, enquanto nas ilhas do Pacífico encontram-se variedades branco-prateadas que fulguram com todas as cores do arco-íris, como silhuetas de madrepérola.

"Na Índia encontramos espíritos da natureza de todos os tipos e variedades, desde os de cores verde-pálido e cor-de-rosa delicado e azul-claro e amarelo prímula do altiplano no interior, até os de cores lindamente brilhantes, quase bárbaras em intensidade e profusão, típicas das planícies. Em algumas áreas daquele maravilhoso país, eu vi o tipo preto e ouro mais geralmente associado com o deserto africano, e também uma espécie que lembra uma estatueta forjada de lustroso metal carmim, como era o *orichalcum* dos Atlantídeos.

"Algo parecida com esta última, há uma variedade curiosa que tem aparência de moldado em bronze polido; parece residir na vizinhança imediata dos fenômenos vulcânicos, já que os únicos lugares onde foram avistados até agora são as encostas do Vesúvio e do Etna, o interior de Java, as ilhas Sandwich, o parque Yellowstone na América do Norte, e certas áreas da Ilha Norte na Nova Zelândia.

## O advento das fadas

Alguns indícios parecem levar à conclusão de que seriam a sobrevivência de um tipo primitivo e representariam um estágio intermediário entre o gnomo e a fada.

"Em alguns casos, descobrem-se que áreas adjacentes são habitadas por categorias bastante diferentes de espíritos da natureza; por exemplo, como já dissemos, os elfos verde-esmeralda são comuns na Bélgica, mas perto dali, na Holanda, nunca foram vistos, e são substituídos por uma espécie de aparência bem sóbria, roxo escuro."

Seu depoimento sobre os seres mágicos irlandeses é muito interessante. Falando de uma montanha sagrada na Irlanda, ele conta:

"Um fato curioso é que a altitude sobre o nível do mar parece influenciar sua distribuição; aqueles que pertencem às alturas quase nunca se misturam com os que vivem nas planícies. Lembro bem, uma vez que escalava o Slievenamon, um dos morros sagrados da Irlanda, reparei as linhas de demarcação muito claras e definidas entre os vários tipos. Os declives inferiores, assim como as planícies em volta, fervilhavam da raça muito ativa e bagunceira dos pequenos espíritos vermelhos e pretos, que enxameiam no sul e no oeste da Irlanda, por serem especialmente atraídos pelos centros magnéticos instaurados há quase dois mil anos pelos sacerdotes-magos da antiga raça milesiana[9], para garantir e

---

9. Os descendentes da *Mil Espáine*, a raça mítica surgida do casamento entre Goídel Glas, um cita sobrevivente da Torre de Babel, e Scota, uma princesa filha de um faraó do Egito. Deles teria nascido o

perpetuar sua dominação sobre o povo, mantendo-o sob o encantamento da grande ilusão. Depois de subir por uma meia-hora, contudo, não havia mais nenhum dos diabretes vermelhos e pretos, e a encosta estava repleta do tipo azul e marrom, bem mais comportado, que há muitos séculos jurou lealdade e obediência aos Tuatha-de-Danaan[10].

"Esses também tinham sua área e seus limites bem definidos, e nenhum espírito da natureza do outro tipo atrevia-se a penetrar o espaço em volta do cume consagrado aos grandes anjos verdes que velam o lugar há mais de dois mil anos, preservando um dos centros da força viva que liga o passado e o futuro da terra mística de Erin. Maiores que um ser humano, essas formas gigantes, da cor das primeiras folhas da primavera, suaves, luminosas, esplendorosas, indescritíveis, vigiam o mundo com seus olhos terríveis que brilham como estrelas, repletos da paz daqueles que vivem na eternidade, esperando na calma certeza do conhecimento até que chegue o tempo certo. É quando contemplamos uma visão como essa que compreendemos em toda sua plenitude o poder e a importância do lado oculto das coisas."

---

povo Goidelic, isto é, gaélico, que ocupa ainda hoje a Irlanda, o País de Gales e a Escócia. (N. T.)
10. O "povo da deusa Danu" seria, segundo o *Lebor Gabála Érenn* [*O livro das invasões*], o quinto povo que chegou e povoou a Irlanda, descendente do herói mítico Nemed, pertencendo à raça indo-europeia. Na Índia há também uma deusa chamada Danu, e o Rio Danúbio teria esse nome em homenagem à deusa celta Danu. (N. T.)

# O advento das fadas

Para mais informações, o leitor pode consultar o original, publicado pela Theosophical Publishing House. O livro é um armazém de conhecimentos sobre todos os assuntos ocultos, e os detalhes a respeito dos seres mágicos coincidem perfeitamente com as informações vindas de outras fontes.

Com tudo isso, acabo de apresentar ao leitor o conjunto de fatores relacionados às cinco fotos tiradas com sucesso em Cottingley.

Acrescentei ainda o depoimento de um clarividente que acompanhou as meninas na terceira tentativa, malsucedida, de bater mais fotos. Analisei parte das críticas que tivemos de enfrentar. Dei ao leitor a oportunidade de avaliar as evidências de uma série de supostos casos, coletadas antes e depois dos acontecimentos de Cottingley. Por fim, explicitei para o leitor a teoria geral da criação dessas criaturas, assim como é concebida pelo único sistema de pensamento que abriu um espaço para elas. Depois de ler e avaliar tudo isso, o pesquisador encontra-se numa posição inatacável como a do senhor Gardner ou a minha própria, e cada um deve formular seu veredito. Não vou argumentar que as provas sejam tão esmagadoras quanto nos casos dos fenômenos espiritualistas. Não podemos apelar para os cérebros mais brilhantes do mundo científico, os Crooke, os Lodge, os Lombroso, para uma confirmação. Mas até isso poderá advir em breve; por enquanto, enquanto mais evidências serão bem-vindas, já há suficientes provas disponíveis para convencer qualquer pessoa razoável de que o assunto não pode ser descartado facilmente, mas que há uma questão aberta que não foi minimamente atingida por toda a crítica que caiu sobre ela. Tal crítica, longe de incomodar, desde que seja séria e honesta, é bem-vinda por todos aqueles que só aspiram à destemida busca da verdade.

## POSFÁCIO

### Roberto Cattani

*Come away, O human child*
*To the waters and the wild*
*With a faery, hand in hand*
*For the world's more full of weeping*
*Than you can understand.*

W.B. Yeats, "A criança roubada", *Contos de fadas e narrativas folclóricas dos camponeses irlandeses*[11]

Seria possível ainda hoje, nessa nossa época tão racional por certos aspectos e tão irracional por outros, acreditar nos seres mágicos (os *fairies* do folclore celta), nas fadas, no sobrenatural? Anos atrás, quando saiu o primeiro

---

11. Venha, vamos embora, ó criança humana / Para as águas e para a selva / Com uma fada, de mãos dadas / Pois o mundo está mais cheio de mágoa e choro / Do que você pode entender [tradução minha].

## O advento das fadas

livro da saga de Harry Potter, meu filho, então com nove anos, me perguntava, encantado (nesse caso essa palavra assume seu significado mais correto!): será que isso pode ser verdade, será que a magia existe mesmo, não é só coisa da televisão? Essas perguntas pairam por cima da publicação dos ensaios de Arthur Conan Doyle e de Robert Kirk, separados por dois séculos de "progresso" mas unidos pela mesma convicção. De que os seres mágicos existem, e de que um dia, talvez, sejamos capazes de nos comunicar com eles.

Antecipando "o fim que coroa a obra", posso adiantar que minha resposta para essas perguntas foi e continua sendo sim, a magia existe, sim, os seres mágicos existem — ou melhor, existiam, porque, contrariamente a Conan Doyle e a Kirk, acredito que nosso progresso unicamente material e nossa falência espiritual atual nos afastaram de tudo o que não é *humanizável*, da natureza, dos animais, das plantas, da magia, dos seres mágicos, das forças telúricas e siderais e, afinal de contas, do imenso mistério que é o próprio ser humano. No deserto (a *Terra devastada*, de T.S. Eliot) que hoje sobra, sobrevivem só o Homem, em sentido humanístico, como expressão de poder sobre o universo, e Deus, transformado em produto de consumo, ópio para as massas e ideologia política. O resto, tudo o que havia entre um e o outro, foi varrido pela onda do progresso capitalista (não enquanto oposto ao socialismo, mas enquanto oposto ao mundo tradicional e espiritual) e ocidentalizador.

## Arthur Conan Doyle

O mundo frenético e famélico que criamos está devorando tudo o que pode e alcança, e afugentou tudo o que não consegue se apropriar para seus fins.

Tanto Kirk quanto Conan Doyle, em algum ponto de seus ensaios, expressam a esperança de que a raça humana consiga entrar em contato com os seres mágicos, afirmando que seria para o *bem comum*. Hoje em dia, sabemos, por repetidas experiências ao longo da História, que entrar em contato com os humanos sempre significa ser usado, explorado, escravizado, e/ou genocizado. Seria diferente no caso dos *fairies*? O que aconteceria com as fadinhas das fotos de Conan Doyle, se existissem de verdade? Com toda probabilidade viriam manchetes e depois seriam capturadas e enjauladas, para servirem de cobaias para a ciência e terem extorquidos de si os segredos dos poderes mágicos, do crescimento das plantas ou da invisibilidade. Não é de estranhar que ninguém mais consiga vê-las, já que essa atitude humana já não é mais segredo para nada, ninguém e nenhum ser no planeta. O universo, em todos os seus níveis de vida e consciência, foge de nós, se puder.

Nem sempre foi assim. Houve tempos e culturas humanas nas quais o homem buscava, na medida do possível, a harmonia e a integração com o ambiente ao redor e com as forças que o regiam. Xamãs e pajés, embora tratados e vistos hoje em dia como algo entre o charlatão e o arcaico caduco eram, em muitas culturas, o intermediário hierático e imprescindível entre o humano e o desconhecido, entre a sociedade e a natureza, entre os vários níveis de realidade e de consciência dos quais o ser humano era capaz.

 Eu mesmo tive a oportunidade rara (décadas atrás, e duvido que fosse ainda possível) de presenciar uma cena 'mágica', não na evocação do sobrenatural, mas na harmonia cósmica total do ser humano e da natureza.

 Num lugar perdido do deserto do Saara, no sul do Niger, acompanhei numa noite de lua cheia de agosto um velho xamã que ia garantir a continuidade de uma planta sagrada. Depois de muitas andanças pelas dunas todas iguais debaixo do luar, ele encontrou sem dificuldades o lugar remoto onde estava a planta, única, aparentemente seca, retorcida e morta. Durante horas ficamos sentados na areia, ele cantando baixinho para a planta e eu lutando para ficar desperto, para não perder aquele que eu sabia que seria um momento único e irrepetível, até a lua começar a se pôr e uma luz tênue aparecer ao oriente, quando a planta começou a tremer e abrir de forma quase imperceptível, e um broto ressecado foi irrompendo de uma grande flor de longas pétalas filiformes ainda despenteadas, que se ordenou para formar uma pesada cabeleira branca. Um cheiro persuasivo e irresistível exalava da flor, no ar límpido e limpo do amanhecer. De repente, o xamã, com seu rosto de rugas eternas iluminado pela aurora, me indicou algo no infinito em volta, que meus olhos não conseguiram focar até meu ouvido perceber: uma abelha, uma única abelha, vindo de distâncias misteriosas, surgiu providencialmente no meio do deserto, como respondendo ao apelo atávico dos cantos e do perfume, naquelas poucas horas de ressurreição da planta. O inseto penetrou sem hesitação no cálice para se fartar de pólen, emergiu cambaleando das pétalas viscosas e levantou voo, bem mais pesado, para ir inseminar outra flor em algum lugar remoto e escondido, e perpetuar a espécie sagrada. Como todo ano, naquela mesma noite de agosto saariano, desde milênios, invocada e vigiada por gerações de feiticeiros. Desta não sobrará nada dentro de poucas horas, disse o xamã, indicando a flor que começava a perder o viço.

Embora o homem moderno não esteja disposto a reconhecer sua dívida com a sabedoria do xamanismo, muitas descobertas fundamentais para a humanidade só puderam acontecer graças ao contato entre os xamãs e os espíritos que ainda povoavam o espaço em volta da presença humana. Não há outra explicação senão a da revelação por parte do além para justificar o imenso patrimônio de conhecimentos 'sobrenaturais' das culturas tradicionais, algo que as simples tentativas sistemáticas ou as observações pragmáticas jamais alcançariam, mesmo em milhares de gerações sucessivas. O sobrenatural, em suas tantas formas e expressões, é imprescindível para explicar a evolução humana enquanto ainda em harmonia com a criação divina. Desde que se afastou do sobrenatural, rejeitando a outra realidade e as outras forças em nome daquela que passou a considerar a *única* realidade,

## O advento das fadas

visível, material e superficialmente *suficiente*, o homem moderno é obrigado a criar outras formas — inaturais e dissonantes — de conhecimento, de observação, de defesa, de sustento, e mais que tudo de explicação vã e contraditória do que existe em volta, no vazio deixado pela negação da riqueza e da abundância dos outros mundos escondidos.

O ser humano precisava — e ainda precisa — acreditar na alma da natureza, na magia, no sobrenatural. Faz parte imprescindível de sua natureza eterna, de seu relacionamento instintivo e puro com o mundo, que é muito mais do que matéria visível. Por que, se não fosse assim, toda criança (antes de ser intoxicada pela televisão) acreditaria nos contos de fadas, nas presenças ocultas, nos monstros, no fantástico que os olhos não veem? Por que, se não fosse assim, livros como os da série Harry Potter[12] teriam o imenso sucesso planetário que tiveram, com as crianças *de todas as idades*? Desde a antiguidade mais remota, todas as culturas, todas as civilizações, todos os povos, até os nossos tempos sem pureza e sem visão, consideravam como algo indiscutível e comprovado a existência de outros níveis de realidade e outras existências do que os seres materiais em volta. Enxergar os anjos ou os seres sobrenaturais anuncia o processo interior que os antigos gregos chamavam

---

12. E antes de J.K.Rowling, os contos dos irmãos Grimm, de Giovanni Francesco Straparola, de Charles Perrault, de Marie Catherine d'Aulnoy, de Madame Leprince de Beaumont, de Carlo Collodi, e de tantos autores ou contadores desconhecidos e esquecidos.

de *ekstasis*, o "deslocamento" ou distanciamento (afastamento) de nós mesmos que revela uma mudança de estado psíquico e espiritual, uma ampliação da percepção em relação à nossa consciência racional e ao nosso *eu* individual e individualista — tão exaltado e imprescindível no nosso mundo atual a ponto de resultar quase impossível subjugá-lo sem a ajuda ambígua de elementos químicos como aquele batizado justamente de *ecstasy*.

Atrás e acima de cada indivíduo de cada espécie animal e vegetal, sabíamos perceber, escutar e nos relacionar com o espírito ou a essência da espécie, para que o equilíbrio do mundo fosse preservado e santificado. Matar ou comer o indivíduo de cada espécie só era plenamente natural e aceitável se isso fizesse parte do ciclo maior, não se fosse uma espécie que explorasse e dominasse todas as demais para seu próprio proveito, sem respeito, gratidão e devoção.

F. Schuon afirmou que não acreditamos mais nos milagres porque ficamos tão descrentes e tão materialistas que não há chance nenhuma de que milagres aconteçam diante dos nossos olhos e mentes *blasées*. É a teoria se auto comprovando: não acredito que milagres existam porque nunca vi nenhum, portanto não há nenhuma chance de que eu possa testemunhar algum milagre, então tenho razão em não acreditar em milagres, e posso teorizar como verdade absoluta que *milagre não existe*.

Mas como provar, com o mesmo sofisma batido, que o milagre não existiu em outras condições, em outros

## O advento das fadas

contextos, com outros indivíduos carregando outra visão de mundo? Nós hoje é que somos os cegos, a exceção, a aberração, incapazes de ver a evidência. Tudo o que foi dito acima sobre o milagre vale para o sobrenatural, o mágico, o mítico, para qualquer plano acima — ou abaixo — de nós. Não é uma questão de níveis ou hierarquia: nem o que é mais baixo e vil do que o ser humano, somos capazes de enxergar. Nem o diabo, nem os demônios, nem qualquer entidade bruta e negativa, embora fique tanto mais descarada quanto mais ninguém a vê.

Só enxergamos a nós mesmos, nós, sempre nós, nós indivíduos e nós espécie, parâmetro de tudo, única realidade absoluta e relevante, o resto nos parece fantasia e ingenuidade: é a herança maldita da Renascença e do humanismo brutal e avassalador, que não admite concorrência, a ponto de negar o direito à existência do *outro*, que seja índio, mito ou fada.

Mas nem todos aguentam a solidão, o vazio, a aridez que essa mentalidade comporta. Indivíduos mais sensíveis, mais profundos ou mais conscientes das percepções do passado, como Kirk e Conan Doyle, tentaram reviver, cada um à sua maneira, a existência de outras formas de ser. A tentativa do criador de Sherlock Holmes de acreditar de fato que alguém tivesse fotografado as fadas é, por outro lado, importante e significativa, porque mostra a necessidade que ainda emerge, em pleno período positivista e científico, de algo sobrenatural que os instrumentos não saibam capturar. Da mesma forma, um pastor presbiteriano como Kirk deveria combater a crença em outras realidades ocultas, mas o choque com o mundo mágico da Escócia, ainda mais celta do que cristão em 1691, fez do seu depoimento antropológico a maior testemunha sobre o mundo dos *fairies*, uma referência para o próprio Conan Doyle, que o menciona em sua obra.

"Pareceu-me ouvir uma voz de lamentação vindo da Idade do Ouro", escreveu o irlandês William Butler Yeats, prêmio Nobel de Literatura de 1923, no livro *O crepúsculo celta*: "Ela me contou que somos hoje imperfeitos, incompletos, e não mais como uma linda teia tecida, mas como um emaranhado de fios amarrados e cheio de nós, jogado num canto. Dizia que o mundo era antigamente perfeito e gentil, e que o mundo gentil e perfeito ainda existe, mas como um maço de rosas jogado fora, sepultado debaixo de um monte de lixo e de lama. As fadas e os espíritos inocentes estão lá enterrados, e lamentam nosso mundo decaído na lamúria dos juncos ondulando no vento, nos cantos dos pássaros, no mugido das ondas, e no choro suave da flauta. Dizia que entre nós modernos o belo não é certo, e o certo não é belo, e até os melhores momentos são estragados pela vulgaridade dos tempos, ou pela ferroada da tristeza na lembrança de outros tempos e outros valores. Dizia que só se aqueles que ainda vivem na Idade do Ouro morrerem, nós modernos poderíamos ser felizes, porque as vozes reiterando a tristeza finalmente calariam; mas elas têm de cantar e lamentar até que os portões eternos se abram."[13]

Yeats cita a flauta como eco das vozes vindas da Idade do Ouro. Em inúmeras culturas da história da humanidade, instrumentos musicais de sopro (flautas, conchas, chifres) veiculavam a voz dos espíritos e constituíam uma das principais formas de invocá-los, enquanto os instrumentos de percussão — os tambores — forneciam o ritmo que servia de intermediário psíquico (muitas vezes em conjunção com substâncias psicotrópicas) para passar de um mundo para outro[14]. O grande poeta persa Rumi, em seu *Mathnawi*, vê no lamento da flauta feita com junco cortado de algum espelho d'água[15] a metáfora do Homem que chora a separação do Amado celeste.

Se não vemos mais e não acreditamos mais nos seres mágicos e no sobrenatural, que todos os povos antes de nós e todas as culturas antes de nós viam e em que acreditavam, não podemos pensar seriamente que nós somos hoje mais objetivos e mais espertos, ou que todos os outros fantasiavam, ou mentiam, ou eram ingênuos sonhadores. Até porque, entre aqueles que proclamaram ter encontrado seres mágicos e ter tido experiências sobrenaturais, há

---

13. Tradução minha.
14. Ver os vários livros fundamentais do etnomusicólogo Marius Schneider sobre o significado profundo da música e dos ritmos.
15. A flauta de junco ainda hoje é usada para fins extáticos pelos dervixes da Mawlawi, a ordem mística que Jalal al-Din Rumi fundou no século XIII em Konya.

algumas das maiores mentes da história da humanidade, desde Sócrates e Santo Agostinho até o próprio Yeats no século XX, gente que não pode ser tachada de ingênua, primitiva, impressionável ou de má fé. Grandes antropólogos, como Leo Sternberg e Mircea Eliade, centraram seus estudos e suas pesquisas no xamanismo, no mundo mágico e nas experiências sobrenaturais. Quantas obras-primas da literatura, desde as obras de W. Shakespeare[16], *As Mil e Uma Noites*, a *A rainha das Fadas* de Edmund Spenser, o Ciclo arturiano[17], a *Endimione* de Keats, a *Ondina* de Friedrich de la Motte-Fouqué, o *Fausto* de Marlowe e aquele de Goethe, as *Elegias* de Ch'u Yuan, para chegar aos textos sagrados revelados da Bíblia, do Alcorão e dos Vedas, não são repletos de presenças sobrenaturais, que sejam fadas, ninfas, *djinn*, anjos ou demônios, interagindo o tempo todo com o mundo humano?

Nossa visão atual é que não enxerga mais, nossa alma é que não se abre mais, nosso cérebro é que não admite mais nada além da matéria e do óbvio. Conseguimos vislumbrar galáxias e buracos negros a milhões de anos-luz, mas não conseguimos perceber as presenças que pululam

---

16. No *Sonho de uma Noite de Verão* os protagonistas são o rei e a rainha das fadas, Oberon e Titânia, e no *Henrique VI* Joana d'Arc é inspirada por uma águia sobrenatural acompanhada por uma multidão de espíritos auxiliares.

17. Na epopeia do rei Artur, o mago Merlin teria sido concebido pela mãe depois da visita noturna de um demônio íncubo vestido com um manto dourado.

## O advento das fadas

em volta de nós, nem qualquer emanação ou irradiação etérea do ser humano ao nosso lado. Numa "entrevista" na casa da vidente Verena Staël von Holstein, em 2001, um gnomo definia a visão através dos olhos humanos como "maçante". "Eu olhei através dos olhos de Verena, e parte do mundo, especialmente a parte espiritual, tinha desaparecido. A única vantagem, talvez, é ver a beleza da matéria com mais nitidez. Mas é muito pouco em comparação àquilo que nós vemos do mundo em volta", dizia o gnomo.

Não importa se achamos ridículo imaginar que um gnomo possa dar uma entrevista e comentar sobre nossas capacidades, a questão é outra: se até a ciência soviética, que nada tinha de espiritualista e deslumbrada, chegou a comprovar cientificamente a existência da aura humana, o fato de que nós hoje não a percebamos comprova uma perda de visão em relação ao que são as capacidades humanas plenas, que somente os videntes e os xamãs ainda cultivam. E essa é só uma das tantas coisas que não percebemos mais. Não quero dizer que todos antigamente fossem dotados da visão sobrenatural, mas que pelo menos todos acreditavam nela, a respeitavam, a incentivavam como algo precioso e útil, e viviam em função do que essa visão significava e comportava para a coletividade.

Gnomos, fadas, elfos, anões e gigantes da mitologia celta não são aquelas caricaturas patéticas da pseudocultura New Age. Assim como os faunos, ondinas, ninfas e sílfides da mitologia greco-romana, eram intermediários óbvios entre os deuses, a natureza e o ser humano, e assim como as hierarquias de anjos e *djinn* no mundo semita e os *Devas* na civilização hindu eram a ligação entre o divino e sua criação, os seres mágicos sempre preencheram o espaço entre os dois mundos, para que não houvesse a distância e a separação irreparável que é o drama seco da mentalidade moderna.

Se, como nos relatos de Kirk, os seres mágicos estivessem ainda presentes a ponto de punir aqueles que invadissem seus espaços e agredissem a natureza, não estaríamos vivenciando a destruição irreparável do meio ambiente. Se o ser humano ainda tivesse a percepção da alma das plantas e da natureza, da riqueza de presenças sobrenaturais nos rios, montanhas, cachoeiras e florestas, não estaríamos enfrentando o risco de desaparecimento de toda beleza e de toda vida que não seja de serventia ao homem. Como em quase tudo nesse mundo moderno, falta consideração e respeito.

Falar de alma das árvores e de presenças nas águas naturais não é um devaneio 'natureba'. Nada mais é do que tornar-se consciente e reconhecer a influência benéfica que percebemos claramente, mesmo sem acreditar nem um pouco nos conceitos etéreos, quando mergulhamos numa cachoeira de água cristalina cercada por uma mata preservada e viçosa.

As fadas e outros seres que as várias mitologias situam na natureza são uma evocação perceptível e *personificada*

## O advento das fadas

para o consumo humano, das forças primordiais que agem e interagem. Dependendo das culturas e das mentalidades, elas serão mais ou menos humanizadas, mais ou menos "feitas à imagem e semelhança" de nós mesmos, mas sempre profundamente *outras* no que diz respeito à sua atuação no cosmo.

Todos os povos, em todos os tempos, acabaram conferindo uma aparência mais ou menos humana à maioria dos seres mágicos[18], porque o homem não consegue conceber um relacionamento qualquer com algo que não tenha sua própria aparência humana, ainda que deformada, grotesca ou exagerada. É a mesma coisa com os extraterrestres: por estranhos que os imaginemos, sempre acabam tendo cabeças, olhos (ainda que muitos), bocas e membros para executar as tarefas materiais, enfim, deformações quase sempre risíveis do corpo humano.

Encontrei uma rara representação não humanocêntrica dos ETs no romance-ensaio do respeitado astrofísico Fred Hoyle, *The Black Cloud*[19], no qual cientistas descobriam que uma gigantesca nuvem de gás cósmico

---

18. Entre as exceções, há os povos que vivem perto das águas (mares, lagos ou rios): na Amazônia aparece a crença no boto semi-humano, enquanto nas Ilhas Hébridas e na costa Oeste da Irlanda encontra-se o mito, bastante análogo, de um reino submarino de focas semi-humanas e de seres de aparência humana que na verdade são focas: "I am a man upon the land / I am a selchie in the sea" (ver David Thomson, *The People of the Sea* [*O povo do mar*], Canongate, 1954).
19. *A Nuvem Negra*, de 1957, nunca publicado em português e atualmente esgotado em inglês.

apresentava as mesmas conexões e atividades intramoleculares que um cérebro humano, tornando-se um único ser consciente e imensamente inteligente, porque desprovido das limitações e do ônus do corpo material. Quando a nuvem chega até o sistema solar e envolve a Terra, alguns acham que é o fim do mundo, outros que é o Mal trazendo o castigo, outros ainda que a imensurável inteligência, infinitamente maior do que a do ser humano, é Deus mesmo — enquanto os cientistas entendem que é só *outra forma de vida, de consciência e de ser*. Um ponto interessante dessa fantasia de Hoyle é a oportunidade para imaginar um caso no qual o ser humano não pode exercitar sua atitude habitual de brutalidade, prevaricação e abuso, simplesmente porque o *outro*, por um lado, é imaterial e imenso e, por outro, é muito mais inteligente, duas situações que nunca tivemos de enfrentar enquanto espécie conquistadora.

Os seres mágicos não são nenhuma nuvem negra alienígena, mas são — em vários graus e níveis e ao mesmo tempo — imateriais e *familiares.* Isso faz com que, diante da eterna ganância e crescente alienação do ser humano, eles não possam ser agredidos ou explorados, porque não temos como operar em seu nível etérico de existência, e simplesmente se esquivem, não como aquelas tribos indígenas incontatadas que ainda vagueiam pelas florestas amazônicas, tentando escapar do contato com nosso mundo maluco enquanto sobra uma extensão suficiente de matas preservadas, mas justamente porque eles são um complemento à existência do ser humano na criação, na medida em que ele estiver em harmonia com o universo, e não em choque permanente com ele.

O que Kirk revela em sua confusa e vibrante descrição da presença dos *fairies* na Escócia é que existe um mundo paralelo onde vivem e operam *aqueles* seres mágicos, da mesma forma que videntes, místicos e xamãs de inúmeras culturas do mundo inteiro testemunham sobre mais outros planos de realidade, tão reais quanto o nosso, tendo nosso planeta como base comum. Essas realidades antes escondidas, escreve o grande especialista do Islã xiita, Henry Corbin, numa análise dos textos do visionário persa Sohravardi, se revelam como algo que envolve, cerca, rodeia e contém o que antes era externo e visível, a realidade chamada de "material"[20]. Essas realidades são todas dotadas de sua própria corporeidade e espacialidade, embora menos afundadas na materialidade do nosso mundo e, portanto, mais sutis ou etéreas (isto é, pertencentes ao que Aristóteles definia como "quinto elemento"). Da realidade dessas "realidades outras" depende, acrescenta Corbin, a *validade* dos sonhos[21] e dos rituais simbólicos, a *realidade*

---

20. Henry Corbin, *Mundus Imaginalis, ou l'Imaginaire et l'Imaginel*.
21. Em *República, IX*, Platão definia como repulsivo o sonho banal (aquele que não traz revelações e verdades escondidas na vigia), o único que nos resta, no mundo atual incapaz de lidar com revelações e significados ocultos. Filostrato dizia que a divinação nos sonhos revela a parte divina do homem.

dos lugares formados pela meditação intensa, a *solidificação* das visões imaginativas inspiradas[22], a *experiência* das cosmogonias e teogonias e, portanto, até a *verdade* do sentido espiritual perceptível nos dados imaginativos das revelações proféticas.

Essas realidades alternativas todas, para quem for capaz de penetrar nelas, são tão e até mais reais do que nosso nível empírico perceptível para os sentidos unicamente corporais, porque são universos mais *completos* (por ter também aspectos espirituais sensíveis) e mais *coerentes* (por ser realidades perceptíveis e conhecíveis até para o intelecto). No Egito de outrora, dizia-se que para ser alquimista ou mago, havia que casar com um *djinn* (masculino ou feminino). Em *Couro dos Espíritos*, Betty Mindlin cita casos de pajés amazônicos que são casados e têm filhos no nosso mundo e no mundo dos espíritos, como xamãs aborígines australianos (o povo mais arcaico do mundo), que, para obter seus poderes, namoram mulheres sobrenaturais, as *worawora*.

"Quando encontrei pela primeira vez meu marido-espírito, eu estava acordada mesmo! Estava fazendo faxina em casa quando o vi aparecer claramente na minha frente. Mas estava muito ocupada, e nem prestei muita atenção.

---

22. O grande místico andaluz Ibn 'Arabi revelou ter desenvolvido um poder de 'imaginação ativa' tão grande que podia gerar formas 'extramentais' que o inspiravam e ditavam-lhe trechos de suas obras. Ver minha tradução de Ibn 'Arabi, *A alquimia da felicidade perfeita*, editora Landy.

# O advento das fadas

Acabei até esquecendo-o. Mas quando saí de casa, minha vizinha perguntou quem era o homem que ela vira entrar na minha casa. Foi então que lembrei dele. A vizinha acrescentou que quando apareceu, o galo cantara, assim, de tarde, algo bem estranho. Ela descreveu o espírito tal qual eu o vira, em cada detalhe. Ele agora é meu marido sobrenatural, me ensina tantas coisas e me informa sobre o que irá acontecer, sou mesmo uma mulher sortuda." No livro que dedica à *Amante invisível*, a companheira mágica que inspira pajés, místicos e poetas desde a Costa do Marfim, onde ele recolheu o depoimento acima, até a Beatriz de Dante, o tradicionalista italiano Elémire Zolla sustenta que para místicos, xamãs e poetas, "a Natureza sempre mutável pode se encarnar numa mulher mortal, oferecendo sua paz fecunda e criadora, que inclui até trepidação e dor e não admite tepidez".

 É o contato *normal* — isto é, inserido na cotidianidade, como parte integrante da vida — com os mundos paralelos de existência, que garante a amplitude e diversidade de visão e de mentalidade, e que afasta da concepção monomaníaca e doentia do mundo como projeção do *eu*, um dos pecados fundamentais do mundo moderno, cujos profetas são Freud e Jung, e cujos missionários são os inúmeros, cada vez mais desqualificados epígonos dos dois. Não precisa ter um contato constante e pessoal, o que importa é estar num ambiente, numa cultura, num clima (palavra que o dicionário Houaiss define de forma imprevisível e estimulante na "acepção 4", como "atmosfera moral") que admite, incorpora, invoca e exige a existência e presença complementar de outras formas de realidade. Tudo o que nosso mundo solidamente cartesiano e sutilmente demolidor não concebe e tampouco permite.